어서 오세요,
밀라노기사식당입니다

어서 오세요, 밀라노기사식당입니다

제1판 제1쇄 발행 2022년 9월 30일

지은이 박정우
펴낸이 임용훈

기획 1인1책(www.1person1book.com)
마케팅 오미경
편집 전민호
용지 (주)정림지류
인쇄 올인피앤비

펴낸곳 예문당
출판등록 1978년 1월 3일 제305-1978-000001호
주소 서울시 영등포구 문래동 6가 19 문래SK V1 CENTER 603호
전화 02-2243-4333~4
팩스 02-2243-4335
이메일 master@yemundang.com
블로그 www.yemundang.com
페이스북 www.facebook.com/yemundang
트위터 @yemundang

ISBN 978-89-7001-627-6 03810

어서 오세요,
밀라노기사식당입니다

박정우 글·사진

예문당

아무것도 없는 빈 그릇

2020년 겨울은 너무나도 혹독하고 추웠습니다. 몸이 아니라 마음이 추운 시기였습니다. 작은 레스토랑을 시작했지만, 그저 단순히 해보고 싶어서 차린 건 아니었습니다. 저에게는 오래된 꿈이었기에 끊임없이 고민하고 생각하면서 16년을 공부하고, 1년의 준비 과정을 거쳤습니다. 그만큼 혼신을 쏟았지만 '성공'이나 '대박'을 바란 건 아니었습니다. 그저 한걸음 한걸음 성장했으면 좋겠다는 마음뿐이었습니다.

2020년 8월에 레스토랑을 오픈했지만, 코로나 대유행은 뭔가를 느낄 겨를도 없이 순식간에 찾아왔습니다. 그때는 장사에 감조차 잡지 못하던 시기였습니다. 12월은 너무나도 길고 힘들었습니다. 너무 힘들어서 '힘들다'는 말조차 나오지 않을 정도였으니까요. 신출내기 셰프, 침체된 상권의 뒷골목 그리고 코로나19까지 어느 하나 좋은 조건이 없었습니다.

그럼에도 불구하고, 한 분 그리고 또 한 분의 발걸음이 가게로 이어졌습니다. 시작하고 몇 개월은 정신 없이 지나갔습니다. 바빠도 안 바빠도 그저 정신이 없었습니다. 그리고 문득 머릿속에 생각이라는 것이 머물 때, 손님이 떠나고 난 빈자리가 보였습니다. 그 빈자리를 치우려고 보니 깨끗하게 비어있던 빈 그릇들. 너무나도 힘든 시기에 빈 그릇은 제 마음을 가득 채워주었습니다.

처음에는 빈 그릇을 간직하기 위해 사진만 찍어놓다가 이후로 손님들을 기억할 수 있는 문구를 한 줄씩 적었습니다. 그러다 각각 손님들을 추억하기 위한 짤막한 글을 더했고, 그 글에 '빈 그릇 이야기'라는 제목을 달았습니다. SNS에 올리기는 하지만, 사실 제가 간직하고 싶어서였습니다. 빈 그릇은 예쁜 음식도 멋진 명품도 아니니까요. 그래서 누군가 유심히 볼 거라는 생각은 꿈에도 하지 못했습니다.

어느 순간 손님들이 식사를 하고 나가시면서 "빈 그릇 이야기 잘 보고 있습니다"라고 말씀해주시기 시작했습니다. '내가 올리는 글을 손님들이 읽으시는구나!'라는 생각에 너무나 놀랐습니다. 처음에는 힘든 시기 어려운 발걸음을 해준 마음이 고마워서 남겼지만, 지금은 손님들을 기억하기 위해 남기고 있습니다. 손님들이 머물고 간 이 공간에 작은 '추억 한 장'을 계속 기록해 나가겠습니다.

2022년 8월
박정우

CONTENTS

다시 뛰는 가을

음식을 만드는 입장에서는

손님들이 맛있게 드시고 남겨둔

'빈 그릇'에 감탄하기도 하고, 위로받기도 합니다.

그리고 무엇보다 그날 하루의 고단함을 가시게 하는

최고의 '칭찬'이기도 합니다.

Chapter 1

혹독한 겨울

사진으로 남기기 시작한 '빈 그릇' 이야기

처음으로 담은 빈 그릇

레스토랑을 오픈하고 처음에는 환경적으로나 제 스스로나 무엇인가를 생각할 겨를이 없었습니다. 장사를 처음 시작한다는 긴장감과 코로나로 인한 위기감이 차츰 저를 절벽으로 몰아가고 있었으니까요.

그러던 어느 날, 손님이 드시고 간 '빈 그릇'이 유독 눈에 들어왔습니다. 당시만 해도 기다리는 손님이 많지 않아서 테이블을 서둘러 치우지 않아도 되었기에 테이블에 빈 그릇이 그대로 남아있었습니다. 그렇게 한동안 물끄러미 그릇을 보다가 사진을 찍었습니다. 처음엔 그렇게 사진만 남겼습니다. 그러다 어느 순간부터 짧게라도 문장으로 남기며 이 자리에 머물다 간 손님을 기억하고 싶었습니다. 그리고 SNS에 짧은 이야기로 글을 남기기 시작했습니다.

몸도 마음도 무너지지 않기 위해

처음은 손님을 기억하기 위해 남기던 행동이었습니다. 그런데 돌이켜보면 암흑 같던 시기에 스스로를 위해서 시작한 행동인 것 같습니다. 그만큼 몸과 마음이 지쳐있었으니까요. 그렇게 지쳐있다고

누가 알아주는 것도 아니기에 스스로 그 우울감에서 벗어나기 위해서 사진을 찍고 글을 남겼습니다. 별것은 아니지만 그 작은 행동이 '습관'이 되어 이제는 저에게 일상의 소소한 재미를 주는 '취미'가 되었습니다.

저에게만 예뻤던 사진, 빈 그릇

SNS는 예쁘고 자랑할 만한 사진을 올려야 인기가 좋습니다. 그런 공간에 저에게만 예쁜 빈 그릇 사진을 올렸습니다. 사람을 끌어들이고 홍보하기에도 부족한 시기였지만 마음 가는 대로 했습니다.

그런데 언제부턴가 이 이야기를 읽는 사람이 점점 늘어났습니다. 사진보다는 사진에 담긴 '의미'를 알아봐 주시는 분들이 늘어난 것이었습니다. 그렇게 저에게만 예뻤던 빈 그릇 이야기가 이제는 같이 예쁘게 보시는 분들과 소통하는 장으로 변했습니다. 별거 아닌 행동이 쌓이고 쌓이니 어느새 이야기를 만들어가게 되었습니다.

셰프님, 용기 잃지 마세요!

급격하게 줄어든 발걸음

2020년 11월 중순이 되자 손님이 차츰 줄어들기 시작했습니다. 정부에서는 연일 코로나 확산으로 인한 집합, 사적 모임 금지와 시간 제한을 지침으로 내놨습니다. 그에 따라 손님들도 극도로 조심하게 되어 급격하게 발걸음이 줄어든 시기였습니다.

처음 하는 레스토랑에 처음 겪는 위기. 경험이 있다면 위기에 대한 대처가 빨랐겠지만, 아쉽게도 위기를 느낄 새조차 없었습니다. 그저 코로나가 뿅망치를 들고 때리는 상황에, 아프긴 한데 피할 방법이 생각나지 않던 시기였으니까요.

귀여운 커플

그러던 어느 날 점심시간, 문을 열고 귀여운 커플이 들어왔습니다. 이제 막 대학생이 된 듯한 모습이었습니다. 먼저 테이블 세팅을 도와드리고 음식 주문을 받았습니다. 실내가 신기한지 둘이서 여기저기 사진을 찍습니다. 20대의 밝은 모습을 보니 저 또한 기분이 한결 나아졌습니다. 음식을 가져다드리고 "편하게 드세요 카운터 뒤에서 대기하고 있을 테니 필요한 게 있으시면 말씀해 주세요"라며 자리를 피해드렸습니다.

　손님이 홀에 가득하다면 음식을 다 해드리고도 대기하겠지만, 한 팀이 있는 경우에는 부담을 느끼실 수 있으므로 자리를 비켜드립니다. 그러더라도 간혹 더 필요한 게 없으신지 중간에 살짝 둘러보는 것을 잊지 않습니다. 요구사항을 말씀하시는 손님도 있지만, 대부분의 손님은 그냥 조용히 계시거든요.

사람이 그립던 순간

'사람이 머물다 가는 공간'을 만들고 싶었습니다. 물론 그게 쉽지만은 않다는 걸 알지만요. 더욱이 사람이 그리웠습니다. '같은 공간에 누군가 있다는 게 이렇게 좋구나!'라는 생각이 들었습니다. 오롯이 홀로 모든 걸 감내해야 하는 상황에서 홀에 손님이 있다는 사실이 너무 따뜻했습니다. 두 분이 서로 까르르 웃으면서 사진을 찍고 식사하시는 모습이 좋았습니다.

식사를 마치고 계산하러 카운터에 오셔서는 "셰프님, 힘드시겠지만 용기 잃지 마세요. 파이팅!!" 하며 용기를 불어넣어주셨습니다. 덕분에 즐겁게 웃었고, 기분이 한결 밝아졌습니다.

남기는 글

감사합니다.
그 어떤 말보다 감사하다는 말이 먼저 나옵니다.
"화이팅!"이라고 액션을 취하면서 말씀해주시는 것 또한
쉽지 않다는 것을 알기에 그 마음이 더 느껴졌나 봅니다.
예상하지 못한 그 한마디와 행동 덕분에 한 번 웃었고,
다시 마음을 다독였습니다.
두 분의 그 밝은 모습 언제나 잃지 않길 바랍니다.

이거 너무 싹싹 긁어먹어서 부끄럽네요

스튜 하나, 파스타 하나

어찌 보면 양식은 품위 있게 먹어야만 할 것처럼 보입니다. 그러다보면 '체면'을 생각하게 되지요. 하지만 우리나라 음식이 아닐 뿐, 누구나 맛있게 먹는 '음식'의 하나일 뿐입니다. 그래도 분위기는 즐기고 싶어서 천천히 우아하게 드시려고 하지만, 우리 손님들은 어느새 체면을 내려놓곤 하십니다. 그러다 식사를 마치고 빈 그릇을 보면서 왠지 쑥스러워하십니다.

오늘 커플도 그렇습니다. 파스타 하나와 스튜 하나를 시켜 먹으면서 끊임없이 이야기를 나눕니다. 그렇게 이야기를 나누다 보니 음식이 담겨져 있던 그릇들이 어느 순간 깨끗해집니다.

그러다 제가 다가가니 "저희가 너무 싹싹 먹어서 부끄럽네요~!" 하고 말씀하십니다. 부끄러울 일이 전혀 아닌데 말이죠. 우리 손님들이 덜 부끄러우시라고 진심을 다해 "저한테는 최고의 칭찬입니다. 정말 감사합니다!"라고 인사드렸습니다.

남기는 글

음식을 만드는 입장에서는
손님들이 맛있게 드시고 남겨둔
'빈 그릇'에 감탄하기도 하고, 위로받기도 합니다.
그리고 무엇보다 그날 하루의 고단함을 가시게 하는
최고의 '칭찬'이기도 합니다.

04

이
제
야
옵
니
다

마지막 인사

〰〰〰

저녁 8시 30분, 악기를 든 남성 손님이 들어
오셨습니다. 당시는 정부 지침에 따라 9시까지만 영업해
야 하는 상황이었습니다. 그래서 한 그릇 더 팔기보다는
손님이 먼저라는 생각에 "손님, 이제 영업시간이 30분밖
에 안 남았는데 괜찮으시겠어요?"라고 여쭤봤습니다. 그
러자 괜찮다고 하시며 서둘러 밀탕 파스타를 주문하셨습
니다.

조금이라도 천천히 식사하실 수 있게 최대한 빨리 준
비했지만 시간에 쫓기다 보니 식사하시는 도중 시계를

연신 들여다봅니다. 급하게 드시느라 속이 불편하면 어쩌나 걱정스러 웠습니다. 그래도 음식이 입에 맞으시는지 즐겁게 식사하십니다. "9시 마감될 때까지 아직 시간 있으니까 천천히 드세요"라고 한 마디 남기고 조용히 물러났습니다.

결국 시간을 꽉 채워서 드시고는 계산을 하시면서 "여길 이제야 와보 네요. 오늘이 이 동네 방문하는 마지막 날이거든요. 그동안 벼르고만 있 다가 오늘 마지막 녹음이 끝나고 가는 길에 꼭 먹어보고 싶어서 들렀습 니다. 그런데 정말 오기를 잘했네요. 음식이 너무 맛있습니다!"라는 고마 운 말씀을 남겨 주셨습니다.

남기는 글

급박한 마음에 그냥 지나칠 수도 있었지만,
큰마음 먹고 와주신 그 짧은 시간이 감사합니다.
뮤지션의 길도 쉽지 않을 텐데, 자신의 길을 걸어가는
우리 손님에게 언제나 건승을 빕니다.
건강하세요~!

사장님! 오늘 제가 쏩니다!

2020년 마지막 영업

2020년 12월 끝자락은 집합 금지와 인원 제한, 시간 통제가 삼엄했던 시기였습니다. 그런데도 예약하고 오시는 손님이 계시니 그나마 다행이었습니다. 당시는 크리스마스를 제외하고는 딱히 손님이 붐비는 날이 없었습니다. 그리고 네 개밖에 없는 테이블이지만 손님들이 불편하실까 걱정되어 2개 테이블은 비워뒀습니다. 매출보다는 오시는 손님들이 조금은 편하게 쉬었다 가셨으면 하는 마음이 컸습니다. 제 목구멍이 포도청인데도 말이죠.

예약하고 온 남성 손님 세 분

날씨가 추워서인지 아니면 시기가 그래서인지 전부 얼굴이 굳어 있었습니다. 만남 자체가 죄를 짓는 것 같은 느낌이 들었던 시기니까요. 술을 마실 마음조차 생기지 않았는지 남성 세 명이서 파스타 세 그릇과 '육회 카르파치오'만 시켜서 묵묵히 드십니다. 아무도 없는 공간에 오랜만에 만나 이야기하면서도 조심조심합니다.

그렇게 서로의 안부 정도만 간단히 물으면서 시계를 힐끗힐끗 봅니다. 헤어지기 아쉬운 마음도 있을 테고, 가게에 피해를 주면 안 된다는 마음도 있으셨겠죠. 연말은 항상 들뜬 분위기지만, 이 시기는 바닥에 푹 가라앉는 듯한 느낌이었습니다.

어두운 시기에 좋은 소식

조곤조곤 이야기하던 도중 손님 한 분에게 연락이 왔습니다. 메시지를 확인하더니 갑자기 본인도 모르게 소리를 지르고는 황급히 입을 막습니다. 나머지 일행들이 "왜 그러는데?"라고 하니까 잠시 말을 못하다가 입을 뗍니다.

"나 사업 확정됐대! 프레젠테이션하고 결과 기다리고 있었는데 지금 최종 확정되었다고 연락왔어!!"라고 말씀하십니다. 그러고는 "세프님! 여기 오늘 제가 쏩니다! 와인 세 병 포장해주시고 테이블에도 와인한 병 오픈해주세요. 비싼 걸로 해주셔도 돼요! 바가지 씌우셔도 돼요!"

라는 말에 모두 크게 웃음을 터뜨렸습니다.

"말씀만으로도 감사합니다. 와인은 설명해 드릴테니 드시고 싶은 걸로 고르시면 포장해드릴게요"라고 말씀드렸습니다. 어려운 시기에 좋은 소식을 들으니 저도 덩달아 기분이 들떴습니다. 그래서 와인에 곁들일만한 간단한 음식을 만들어서 서비스로 드렸습니다. 그랬더니 "아니, 사장님도 힘드신데 이렇게 더 주시면 어떻게 해요. 그럼 뭐가 남습니까?"라고 하십니다. "지금은 돈보다는 찾아주신 우리 손님을 남기면 되는 것 같습니다. 저도 덕분에 기분이 좋아졌는걸요." 이렇게 말씀드리고는 얼굴을 마주 보고 웃었습니다.

남기는 글

누군가 잘되는 건 '배 아파할 일'이 아닌 '축하해줘야 할 일'입니다.
특히 주변 사람들이 잘되면 더더욱 축하해줘야 합니다.
우리 레스토랑에서 좋은 소식을 들려주셨기에 감사했습니다.
덕분에 힘들었던 시기에 잠시 숨을 돌릴 수 있었습니다.
언제나 몸 건강하시고 하시는 일도
슬기롭게 잘 헤쳐 나가시길 바랍니다.

2단계로 완화되길 기다렸어요! 너무 오고 싶었습니다

변동이 많았던 거리두기 지침

코로나의 위력은 그야말로 대단했습니다. 날씨도 꽁꽁 얼어붙었지만, 소비심리와 유동 인구도 얼어붙었죠. 그러다가 2021년 2월이 되면서 격상되었던 거리두기가 조금씩 완화되었습니다. 사람들도 조금씩 길에 돌아다니기 시작하더군요. 그런데도 번화가는 번화가대로, 이런 외진 곳은 외진 곳대로 힘들었습니다. 모두 각자 자리에서 안간힘을 쓰고 버틸 뿐이었죠. 그래서 그런지 찾아와주시는 손님들의 따뜻한 말 한마디가 얼어붙은 시간을 녹여주곤 했습니다.

한 커플이 들어와 자리에 앉으시더니 밀탕 파스타를 주문하십니다. 음식이 나오고 드시더니 "와~! 해장된다." "피로가 풀린다!" 이러면서 즐거워하십니다. 그렇게 우리 손님들이 먹고 있는 모습을 보면 저 또한 긴장하고 있던 마음이 조금이나마 녹아내리곤 합니다. "정말 맛있어요~! 2단계 완화되기를 얼마나 기다렸는지 몰라요. 빨리 와보고 싶었거든요. 예전에는 외식이 당연했는데 이젠 쉽지 않으니까 아무거나 먹고 싶지 않았어요. 그래서 꼭! 먹어보고 싶었던 곳에 오려고 했죠. 정말 오길 잘했네요. 너무 맛있습니다!"라는 말 한마디. 그 한마디는 이 긴 코로나 시기를 버텨내는 큰 버팀목이었습니다.

남기는 글

이 어려운 시기에도 많은 사랑을 받았습니다.
그러다 보니 저 또한 그 사랑에 '책임'과 '노력'을 다하게 됩니다.
언제든 어느 때든 우리 손님들이 오셨을 때
'사람으로서 존중받고 가는 곳'이 되도록 말입니다.
언제나 건강하세요! 감사합니다.

살
아
있
었
구
나
!

오랜만에 만난 선후배

어느덧 거리두기가 완화되어 22시까지 영업
을 할 수 있게 되었습니다. 재미있게도 영업시간을 21시
로 제한하면 19시 이후로는 손님이 안 들어오는 일이 많
지만, 22시로 영업시간을 연장하면 20시에도 손님이 들
어옵니다. 오늘은 19시 30분에 남성 한 분이 들어오시더
니 누군가를 기다리십니다.

잠시 후, 한 남성이 들어오더니 "선배!" 하며 인사합니
다. 앉아있던 손님도 자리에서 일어나 반갑게 맞이합니
다. 둘 다 동시에 "살아있었구나~!"라는 그들만의 독특한

인사를 나눕니다. 맞습니다. 코로나가 우리를 '이산가족'으로 만들었습니다. 퇴근 후 가볍게 나누던 "술 한잔 할래?"라는 말도 이제는 쉽게 나오지 않습니다. 심지어 가족끼리 모이는 것도 눈치를 봐야 합니다. 우리에게 '공기'와 같던 일상은 언제 다시 올지 모릅니다. '나 하나 때문에 피해 줄까 봐'라는 생각 때문입니다.

그렇게 참다 참다 만난 사람들이니 너무나 그리웠을 겁니다. 대화를 나누기엔 두 시간도 부족합니다. 와인 한잔하면서 그동안 어떻게 지냈는지, 어디 아픈 곳은 없는지 궁금해합니다. 손님들의 대화를 들으면서 문득 저도 지인들이 어떻게 지내는지 궁금해졌습니다.

남기는 글

그립고 그립습니다.
얼굴을 자주 보지 못하기에 가끔 톡으로나마 안부를 전합니다.
언젠가 편하게 볼 수 있는 날이 오겠지 하면서요.
그동안에 저는 또 이 자리에서 잘 헤쳐 나가 보려고 합니다.
오늘 오랜만에 만난 두 분도 좋은 시간 보내시기를 바랍니다.
그리고 언제나 몸 건강하세요.

언제나 밝고 씩씩하게

친구 가게에서 잠깐 일할 때 인연이 닿은 아이가 있습니다. 지금은 '삼촌'이라고 부르는 사이입니다. 2019년도에 대입 수능을 치르고 다음 해 무사히 대학에 입학했지만, 코로나로 인해 평범한(?) 대학 생활을 못 하고 있습니다. "왜 나한테만 이래!" 하면서 불평불만도 할 만한데, 대견 하게도 항상 방긋방긋 웃고 씩씩하게 잘 헤쳐 나갑니다. 설쯤 되었을 때 레스토랑 문을 열고 "삼촌~!" 하면서 찾아온 아이. "이거 드셔요~! 선물 이에요"라며 뭔가 건네줍니다. 아직 학생이고 마음에 여유도 없을 텐데, 그러는 와중에도 마음 한편을 열어줍니다.

오히려 이 아이에게 배웁니다. 밝음, 씩씩함 그리고 의연함을요. 간혹 앞길이 고민될 때면 상담을 해옵니다. 딱히 대단한 말을 하거나 답을 알 려주지는 않습니다. 저도 어떻게 살아가야 하는지 정답을 모르니까요. 다만, 어떻게 자신을 잘 다스리는지에 대한 대화를 많이 합니다.

제 생각을 강요하고 싶지도 않습니다. 대신 꿈 많은 스무 살의 생각 을 듣고 이야기하면서 서로 그 안에서 배워 가면 된다고 봅니다. 저도 그 안에서 20대의 생각을 들을 수 있으니까요. 그게 대다수의 생각은 아닐 지도 모릅니다. 그렇더라도 '이렇게도 생각하는구나!' 하고 느낄 수는 있 습니다. 남자친구와 사이좋게 올 때도 보기 좋습니다. "서로 아끼고 잘 사귀었으면 해요." 더 많은 이야기는 주제넘다 생각하기에 삼켰습니다. 서로를 아낀다면 그뿐이라 생각합니다.

남기는 글

앞으로 얼마나 긴 시간이 필요할 지 모르지만,
다들 힘든 시기를 겪고 살아가고 있단다.
우리 꼬맹이도 그렇고, 한창 캠퍼스를 누비며 좋아야 할
학창 시절이 코로나로 인해 2년이나 없어졌구나.
속상하면 한 번 울어버려. 그리고 다시 하는 거다.
네가 숨을 쉬고 있다는 건 그래도 앞으로 무엇인가
할 수 있다는 '가능성'을 내포하고 있는 거니까.
삼촌이 지하철을 타고 가는데 방송에서 그러더라.
"우리는 '인생'이라는 마라톤을 뛰는 선수"라고 말이야.
다른 사람을 앞서려고 하지 말고, 너만의 결승선을 향해서
너의 호흡대로 뛰었으면 한다. 언제나 밝고 씩씩하게….

모
든
것
이
좋
았
습
니
다

한걸음씩 늘어나는 발걸음

혹독한 겨울의 끝자락. 코로나 단계도 조금은 완화되면서 계절도 봄을 기다리고 저도 손님을 기다릴 수 있는 시간이 찾아옵니다. 2월부터 차츰 손님이 늘어나기 시작합니다. 홀에 사람들의 '온기'가 채워지는 것만큼 따뜻한 순간이 없습니다. 이럴 때는 음식을 먹지 않아도 배가 부릅니다. 그저 손님이 맛있게 드시는 모습만 봐도 충분히 든든합니다. 겨울철의 이야기는 짧습니다. 이때는 제가 우리 손님들을 기억하기 위한 단편적인 글을 쓰던 시기였으니까요. 그렇게 짧으면 짧게, 길면 길게 글을 씁니다. 있는 그대로 보여드리고 싶으니까요.

이 시기에는 점심에 만석으로 2회전을 돌았습니다. 혼자서 커버하기 무리일 것 같지만, 차분하게 진행하면 어느 정도 소화가 가능합니다. 한 커플이 식사를 마치고 계산을 하면서 하신 말씀이 생각납니다. "모든 것이 좋았습니다!" 다른 건 모르지만 그 말만은 머릿속에 남아있네요.

남기는 글

'모든 것이 좋았다.'
작은 노력을 함에 있어 모든 것이 좋았다고 합니다.
그 한마디를 듣기 위해서 저는 매일 노력합니다.
노력 끝에 손님들이 저의 진심을 알아주고
'모든 것이 좋았다'라고 하실 수 있게 말입니다.

CC 커플의 첫 번째 결혼기념일

결혼하고 첫 번째 결혼기념일을 '밀라노기사식당'에서

대학 CC로 만나셨다는 커플 손님이 계십니다. 처음에는 시험을 치르고 지나가던 중 우연히 밀라노기사식당을 방문하셨고, 두 번째는 부모님을 모시고 다시 찾아오셨습니다. "동네에 이런 곳이 있네?" 하며 신기해하던 모습이 새삼 떠오릅니다.

2020년 12월 말, 전화 한 통이 다급하게 걸려옵니다. "셰프님~!" 목소리만 듣고도 누군지 알았습니다. 결혼하고 첫 번째로 맞이하는 결혼기념일이라 아내가 좋아하는 이곳에서 준비하고 싶다고 하십니다. 때마침 코로나라 손님도 거의 없던 시기였습니다. "그럼 어떻게 준비해드릴까요?"라고 했더니 무조건 제 의견에 따르겠다고 하십니다. 돈은 상관없다고까지 하시네요. 그래도 손님이 생각하시는 금액을 말씀해 달라고 했습니다. 그리고 그 금액 범위 내에서 준비했습니다.

괜찮은 와인을 급하게 마련하고, 메뉴에 있는 것과 없는 것을 섞어서 세팅했습니다. 그리고 두 분을 위한 시간을 만들어 드렸습니다. 이때가 큰 계기가 된 것 같습니다. 손님과 대화하는 시간이 있었으니까요. 그렇게 다시없을 첫 결혼기념일을 '밀라노기사식당'에서 진행했습니다. 그리고 저 또한 그렇게 모실 기회는 그때가 처음이자 마지막이었습니다.

어떤 음식점도 세 번 이상 간 적이 없다는 손님

"당신 근데 세 번 이상 간 음식점 없지 않아?"라고 남편이 물어봅니다. "어? 맞아!"라는 아내분. "그런데 여기는 자주 오네?"라는 말에 "그러니까 말이야. 나 단골 맞지?"라고 하십니다. 귀여운 커플입니다. 두 분 다 얼굴도 밝으십니다. 그만큼 좋은 기운을 가지고 계신 거겠죠. 딸을 따라오신 부모님도 우리 레스토랑을 좋아하십니다. 길을 지나가다 눈이 마주칠 때도 인사를 나누곤 합니다.

남기는 글

그거 아세요?

손님이나 제 친구들이 저에게 하는 말이 있습니다.

"코로나가 아니더라도 여긴 잘 되는 자리가 아니에요."

그런데 그 어려운 자리에서, 코로나라는 험한 시기에 오픈했음에도

제가 한걸음씩 내딛을 수 있었던 이유는 무엇일까요?

그것은 아마 '단골손님'이 아닐까 합니다.

어려운 시기에 쉽지 않은 장소였기에

그 소중함이 더했을 거라 생각합니다.

손님은 왕이 아닙니다만, 언제나 서로 존중하고

존중받을 가치가 있는 사람입니다.

지금처럼 서로의 안부를 묻고 인사하는

그런 사이로 계속 남았으면 좋겠습니다.

처음에는 커플로, 다음에는 부부로

자전거를 타다가 우연히

호텔리어로 일하는 손님이 계십니다. 여담이지만 지금은 호텔리어를 비롯한 여행업계 종사자들이 제일 힘든 시기입니다. 모두가 힘든 시기를 보내고 있지만 상대적으로 더 힘든 경우도 있으니까요.

이면도로를 따라 자전거를 타고 한강을 가던 중 우리 레스토랑을 발견했다고 하십니다. 그렇게 찾아와 처음 드신 메뉴는 '밀탕 파스타'입니다. 추운 겨울이었던 만큼 음식이 더 따뜻하게 느껴졌던 걸까요? 아니면 시기가 시기인지라 더 맛있게 느껴졌던 걸까요?

바로 그날 저녁에 여자친구와 함께 재방문하셨습니다. "어? 아까…." 하며 말을 더듬는데, "맞아요~"라며 씩씩하게 들어오십니다. 그리고 이틀 뒤에 다시 그리고 며칠 뒤에 또다시, 그렇게 계속 찾아주셨습니다. 한술 더 떠서 여자친구분은 "실은 매일 오고 싶지만, 그러면 셰프님이 저희를 이상하게 볼까봐요…"라고 말씀하십니다.

"이상하게 보다니요. 그보다 그렇게 자주 오시면 지갑이 남아나지 않으실텐데요"라고 걱정했더니 함께 웃으십니다. 그렇게 둘이 자주 오시더니 나중에 친구들까지 데리고 옵니다. "여기 맛있지? 최고지?"라고 하실 때마다 저의 등을 두들겨주는 아군 같아서 너무나 든든했습니다.

"셰프님, 오랜만이죠?"

한동안 폭풍이 몰아치듯 오시더니 또 한동안 잠잠했습니다. 이럴 때는 기다리는 수밖에 없습니다. '또 기억 나면 오시겠지.' 하고 생각합니다. 아무리 보고 싶은 얼굴이라도 지켜야 될 선이 있습니다. 손님이 먼저 말을 걸기 전까지는 그저 묵묵히 '기다리는 것'입니다. 문득 밀라노 기사식당을 기억하고 찾아주시길 바랄 뿐입니다.

어느 날 저녁, 오랜만에 호텔리어 손님에게 연락이 왔습니다. 그러더니 처음 커플이 앉았던 자리로 예약을 하고 찾아오셨습니다. 작은 선물과 함

게 말이죠. 이 커플은 이제 부부가 되어 있었습니다. 코로나로 인해 결혼을 조금 늦춰 2021년 봄에 식을 치르셨습니다. 그동안 예식 준비를 하고 몸매 관리도 해야 해서 식단 조절을 하느라 못 오셨다며 많이 아쉬워하셨습니다.

"셰프님, 오랜만이죠?"라는 말과 함께 "이거, 별건 아니지만 저희 결혼식 답례품이예요"라고 제 두 손에 선물을 쥐어주십니다. "아내분 선물도 같이 가져왔어요"라고 하시면서요.

남기는 글

"셰프님의 음식 맛을 소문내고 싶은 걸요~!"라고
말씀해주시는 우리 손님. "밀라노기사식당 때문에
이사를 못가겠어요"라는 말씀마저도 감사합니다.
쉽지 않은 시기에 마음을 나눠주셔서 감사합니다.
저도 힘들지만 우리 손님들도 힘든 상황이라는 걸 알기에,
그럼에도 마음을 나눠주셨기에 더 따뜻한 것인지도 모릅니다.
일 년에 한 번, 아니 십 년에 한 번을 오시더라도
같은 자리에서 기억하고 기다리고 있겠습니다.
두 분의 앞날에 축복이 가득하길 바랍니다.

군자에서 둘레길을 따라

밀라노기사식당을 오기 위해 둘레길을 돌아서

～～～

처음에는 둘레길을 걷다가 우연히 밀라노기사식당을 발견했다고 하십니다. 시작은 그렇게 우연이었습니다. 조용히 식사만 하고 가셔서 저도 기억하지 못했습니다. 그런데 그 다음은 달랐습니다. 우리 레스토랑의 전주비빔 파스타를 먹기 위해 일부러 둘레길을 돌았다고 합니다. 그 뒤로는 여동생과 어머니를 모시고 오셨습니다.

어느 날, 두 분의 남성이 레스토랑을 찾아오셨습니다. "친구가 이곳을 추천해주더라고요 근데 셰프님은 모르실 거예요. 너무 멀기도 하고…" 그런데 문득 생각나는 사람이 있었습니다. "혹시, 군자에서 오신 여성분인가요? 최근에 어머니와 동생을 모시고 오신 것 같은데요"라고 했더니 바로 그 친구에게 연락을 합니다. "셰프님, 맞나본데요? 말은 안 하고 웃기만 합니다." 순간 모두가 크게 웃었습니다. 그렇게 즐겁게 식사를 하고 가셨습니다.

재료가 소진되었던 날

〰〰

초저녁에 이미 모든 재료가 소진된 날이었습니다. 그런데 레스토랑 앞을 서성이는 네 명의 손님이 보였습니다. 그중 여성 손님과 눈이 마주쳤는데, 자세히 보니 바로 둘레길 손님이었습니다. 문을 열고 나가 인사를 드리며 "죄송합니다. 재료가 다 떨어졌네요." 하고 말씀드리자 "정말 다 떨어졌어요?" 하며 간절히 물어보십니다. "네. 파스타 면이 한 개 분량만 남아서…" "그럼 스튜나 전채요리는요?" "그것도 한 개씩 남았습니다." "그럼, 혹시 남은 거 전부 저희가 먹으면 안 될까요?" 그래도 괜찮으시겠냐고 했더니 고개를 크게 끄덕이십니다. 그렇게 모셔서 음식을 해드리고, 잠시지만 좋은 시간을 가졌습니다.

남기는 글

종종 그런 생각이 듭니다. '많은 음식점 중 하나'일 뿐인
밀라노기사식당을 우리 손님들이 찾고 또다시 찾아주는
그 고마움에 대해서 말입니다. '당연한 발걸음'이라고
생각할 수 없습니다. 쉽지도 편하지도 않은 길이니까요.
그럼에도 '기억'하고 '발걸음'해주시는 마음.
그 마음을 가슴 깊이 간직하겠습니다.

'산타 할아버지와 밀라노기사식당에서
파스타 먹기'가 소원인 꼬마 아가씨

엄마 손을 잡고

엄마에게 껌딱지처럼 붙은 작은 소녀. 엄마가 그렇게 좋은가 봅니다. 평소에 외식을 잘 하지 않고 파스타도 처음이라는 꼬마 아가씨에게 밀라노기사식당의 '포모도로'를 선사합니다. 그렇게 처음엔 엄마가 먹고 싶어서 데리고 왔는데, 어느 순간부터 꼬마 아가씨 손에 이끌려 찾아옵니다. 시내에 나가서 다른 걸 먹어보고 싶어도 '밀라노', 가족끼리 나들이를 갔다가도 무조건 동네에 있는 '밀라노기사식당'으로!

이제는 엄마·아빠도 선택을 포기한 것 같은 모습에 웃음이 나는 동시에 마음이 살짝 아픕니다. 그런데 "저희도 좋아요. 동네에 있으니까 정말 편하게 먹고 들어가잖아요. 우리 세 식구 입맛이 다 다른데 여기서는 맞출 수 있어요"라고 말씀하시는 우리 단골손님. 코로나 시기에 큰마음 먹고 나들이 갔다가도 꼬마 아가씨 덕분에 동네로 소환되는 그 마음은 오죽할까요? 조금 웃픈 이야기지요.

"셰프님, 혹시…"

〰

2021년 12월, 레스토랑으로 전화가 한 통 걸려 왔습니다. "셰프님, 준비하느라 바쁘시겠지만 혹시 통화 가능할까요?" 편하게 말씀하시라고 했더니 우리 작은 아가씨가 크리스마스 소원을 빌었답니다. "산타 할아버지와 크리스마스 때 밀라노기사식당에서 파스타를 같이 먹고 싶어요!"라고요. "아직 우리 아이는 산타 할아버지가 있다고 믿고 있어요. 언젠가는 알게 되겠지만 그 동심을 유지할 수 있을 때까지는 좀 지켜주고 싶은데 방법이 떠오르지 않아서 이렇게 전화를 드렸네요"라고 부탁하십니다.

그래서 제가 "그럼 제가 편지 한 통을 트리 밑에 놓을게요. 크리스마스 때 와서 식사하시고, 금액은 나중에 지불하세요. 그리고 우리 꼬마 아가씨 파스타 값은 제가 지불하겠습니다. 크리스마스 선물로요." 하고 말씀드렸습니다. 우리 꼬마 아가씨의 크리스마스는 과연 어땠을까요?

남기는 글

어른들은 한 끼 식사 중 하나일지도 모릅니다.
그렇지만 우리 어린이들은 부모가 특별한 날
소원으로 들어주는 것이기에 '전부'지요.
우리 꼬마 아가씨는 어린이날도 크리스마스도 생일도
전부 '밀라노기사식당'이라고 이야기합니다.
그래서 우리 꼬마 아가씨가 나중에 알게 되더라도
지금은 잠시 산타 할아버지가 되어 편지 한 장과 파스타
그리고 제일 좋아하는 누드빼빼로를 선물로 주려고 합니다.
메리 크리스마스! 우리 꼬마 아가씨~!

흔들릴 때마다 중심을 잡는다는 것은

쉽지 않은 일상

2020년 8월 5일은 제가 밀라노기사식당을 오픈한 날입니다. 처음에는 함께 하는 직원들이 있었지만, 시작한 지 얼마 되지 않아 코로나 대유행이 번졌습니다. 나의 첫 사업 그리고 나의 첫 직원들이었기에 그만둬야 할 것 같다는 말이 쉽게 안 나왔습니다. 그런데 우리 직원들이 그걸 알고는 선뜻 먼저 "사장님, 나중에 저희 다시 부르셔야 해요!"라는 말을 남기고 떠났습니다. 직원들에게 마지막 식사를 차려줬습니다. "내가 꼭 잘 지키고 있을게. 너희를 부를 수 있도록"이라고 약속했습니다. 그러나 쉽지 않았습니다. 저 혼자도 버틸 수 있을지 의문이 들었으니까요.

많은 흔들림이 있었습니다. 하루에도 수십 통씩 걸려 오는 마케팅 전화는 '대박'만을 이야기합니다. 방송에서도 연락이 옵니다. 그리고 다들 배달과 포장으로 돌아섭니다. 홀 운영만으로는 버티기 어려웠으니까요. 연신 뉴스에도 배달이 대세라고 나옵니다. 처음으로 내 사업을 하는 저로서는 모든 것에 흔들릴 수밖에 없습니다. 더군다나 혼자서 결정을 내려야 하니까요.

스스로의 생각 정리 그리고 중심 잡기

~~

    판단을 내리기 전에 많은 고민을 했습니다. 먼저 '내가 할 수 있는지'를 살펴봤습니다. 남이 해본 기존 방식이 맞았다고 해서 그게 '정답'은 아니니까요. 일단 첫 번째는 '홍보하지 않는다'는 것이었습니다. 하더라도 제가 직접 운영하는 SNS로 손님과 소통하고 싶었습니다. 방송은 어느 정도 궤도에 올라선 후라면 기회가 될 수 있겠지만, 이제 막 시작한 저에게는 '독'이 될 것 같았습니다. 저도 저를 시험대에 올려놓은 것입니다. 조금 느리더라도 저를 믿고 같이 가는 단골손님을 차곡차곡 쌓아가자고 말입니다. 배달과 밀키트는 고민을 많이 했습니다. 결국 끝에 다다른 생각은 '분수껏 하자'였습니다. 배달은 구조상 어렵고, 밀키트는 시기상조라 생각되었기 때문입니다. 많은 준비 과정을 거쳐 지금은 밀키트 출시를 앞두고 있습니다.

    '분수껏 하자!' 이는 찾아오시는 손님에게 최선을 다하자는 것입니다. 제가 꾸며놓은 홀은 제가 보려고 해놓은 게 아닙니다. 홀은 '손님들의 공간'입니다. 손님을 위해 꾸며놓은 공간에서 손님을 위해 준비한 음식을 드셨으면 하는 바람이었습니다. 이게 옳은 결정일지는 모릅니다. 가보지 않은 길이니까요. 그런데 내 이름을 걸고 하는 레스토랑에서 자기가 중심이 없다면 안 된다는 생각이었습니다.

내가 욕심내는 건 '돈'이 아니라 '사람'

저는 '돈'에 욕심을 내지 않습니다. 다만, 우리 레스토랑에 오신 손님들을 욕심냅니다. 돈이 많아서가 아닙니다. 아무리 돈이 없다 해도 그것만 쫓지는 않습니다. 대신 저는 '사람'을 욕심냅니다. 우리 손님들이 언제든 다시 오고 싶은 곳이 되도록 말입니다.

언제나 마지막 무대인 것처럼

불씨만 꺼지지 않도록…

활기가 없는 홀. 손님이 하루에 한 명인 적도 있었습니다. 이 대로는 안 되겠다 싶어서 안 좋은 생각을 쳐내기 시작했습니다. '한 명밖에 안 왔어'와 '한 명이라도 온다'의 차이. '괜찮다고 할 필요 없이 괜찮지 않음을 인정한다. 지금 나는 레스토랑을 시작했고, 코로나라는 환경에 처해있다. 이건 내가 바꿀 수 있는 게 아니다. 대신 생각을 바꾸자. 빠르게 우울감을 털어내고 마음을 다잡는다.' 이렇게 생각했습니다.

지금은 전반적으로 다 어려운 시기임을 인지했습니다. 더군다나 홍보도 하지 않고, 외진 곳에 있는 작은 레스토랑이면 더욱더 어려울 수 있다고 생각했습니다. 코로나 전에 운영했던 가게라면 어느 정도 단골이 형성되어 기본은 할 수 있지만, 코로나에 시작했기에 그 기본마저 없었으니까요. 그래서 '지금이 바닥이다. 불씨만 꺼지지 않도록 하자'라는 생각이 들었습니다. 손님이 없다면 재료는 신선도를 유지할 수 있을 만큼만 준비하고, 구석구석 청소하고, 책을 읽으면서 어떻게 경영해 나갈지를 고민했습니다. 그리고 우리 손님들에게 보여드릴 수 있는 다양한 레시피도 개발해 나갔습니다.

언제나 마지막 무대처럼

어떤 날은 관객이 많아 짜릿할 정도의 전율이 일어납니다. 어떤 날은 그러지 않을 때도 많습니다. 중요한 건 지금 이 시기에도 항상 그 자리에 머무르지 않았다는 것입니다. 저는 하루하루 저를 걸어봅니다. 배우가 '이 무대' 또는 '이 공연'이 마지막이라는 생각으로 사활을 걸듯 말입니다. 저는 밀라노기사식당이라는 무대를 만들고 디자인했습니다. 그 무대에서 우리 손님들을 모실 생각을 하면서요. 그래서 언제나 마지막 무대가 될 수 있다는 생각으로 레스토랑에 오릅니다.

밀라노기사식당의 의미

'세련되고 편안한 공간'

– 사람이 머물다 가는 곳

'밀라노기사식당'이라는 브랜드를 만들면서 많이 고민했습니다. 가장 먼저 '파인 다이닝처럼 괜찮은 음식을 접할 수 있지만 편안한 공간이었으면 좋겠다. 그리고 줄 서는 맛집이라 급히 먹고 일어서는 게 아니라 잠시 공간과 시간을 즐기며 추억할 수 있는 곳이면 좋겠다'고 생각했습니다. 그리고 그 맛이 그리워서 언제든 다시 와서 먹을 수 있는 부담스럽지 않은 곳이면 좋겠다고도 생각했습니다. 제 주머니가 소중한 것처럼 손님의 주머니 사정도 소중합니다. 쉽게 버는 돈은 없으니까요.

제가 하는 음식은 퓨전이지만 기본 베이스는 이탈리아 음식이기에 패션의 도시 '밀라노'를 생각했습니다. '패션 = 세련됨 = 밀라노' 이 공식으로 말입니다. 그리고 편안함을 떠올릴 수 있는 게 뭐가 있을지 찾았습니다. 그래서 찾은 것이 '기사식당'입니다. '기사식당 = 서민적인 = 편안함' 이렇게 브랜딩을 함으로써 그 브랜드에 맞춰 파스타 디자인을 시작했습니다.

음식만드는 집 – '밀(meal)당(堂)'

밀라노기사식당의 첫 글자와 마지막 글자를

줄이면 '밀당'이라는 단어가 됩니다. 영어로 음식을 뜻하는 'meal'의 한글 발음과 한자의 집을 뜻하는 '당(堂)'을 생각해서 중의적인 의미로 '음식 만드는 집'이라는 숨은 코드를 넣었습니다. 그 숨은 코드대로 대부분의 소스와 음식을 제가 직접 장 봐서 준비하고 있습니다.

또 하나의 숨은 코드 – '010-7308-[3004]'

말은 그럴싸하지만 사실 큰 뜻이 담긴 것은 아닙니다. 다만, 레스토랑 전화번호를 만들 때 마지막 숫자 네 개가 상징적이었으면 좋겠다고 계속 생각했습니다. 종교적인 내용은 잘 모르지만, 로마에 갔을 때 바티칸 투어를 했습니다. 이때부터 '로마 = 바티칸시국 = 천사'라는 생각을 가지고 있었습니다. 그래서 천사 3명을 생각해서 '3004'로 끝나는 번호를 원했는데, 운이 좋게도 이 번호를 선택할 수 있었습니다.

화장실 가는 길 – 이상한 나라의 앨리스

밀라노기사식당의 화장실 가는 길은 홀과 문 하나 사이였습니다. 그래서 문짝을 떼어내고 전혀 다른 공간으로 만들어봤습니다. 문을 지나면 다른 공간으로 이동한다는 느낌이 들도록 말입니다. 이 공간은 내추럴하게 만들었지만 '이상한 나라의 앨리스'가 나무를 통해 이상한 나라에 들어가듯 상상하며 만든 공간입니다.

레스토랑을 운영하는 작은 철학

암묵적 약속 – 후드 청소

겨울에 유독 손님이 없다 보니 후드가 항상 깨끗했습니다. '이번 주는 그냥 넘어갈까?'라는 생각이 불쑥 찾아옵니다. '보는 사람 없으니까 한 번쯤은 뭐…' 하는 생각이 들었습니다. 그런데 그렇게 한 번 타협하게 되면 점점 게을러지고 나태해질 것 같다는 생각이 갑자기 들었습니다. 그래서 스스로를 경계하기 위해 후드를 청소하기 시작했습니다. 그리고 청소를 마치면 사진을 찍어서 SNS에 올렸습니다. 그렇게 매주 마감할 때 '습관'을 들이는 장치를 마련했습니다.

처음에는 쉽지 않았습니다. 나를 경계하고 만들어가는 건 쉬운 일이 아닙니다. 그러나 누가 보든 보지 않든 후드 청소는 계속했습니다. 매일 하는 청소와 별개로 일주일을 마감할 때 하는 청소 그리고 한 달을 마감할 때 하는 청소로 나눠서 하기 시작했습니다.

이 정도쯤이야

1인 레스토랑이라고 '이 정도쯤이야!' 하면서 타협하고 싶지는 않습니다. 완벽하게 할 수는 없다는 걸 잘 알고 있습니다. 그래서 완벽하게 하려고 노력하지도 않습니다. 저 자체도 불완전한 사람이니까

요. 하지만 '최선'을 다해서 '노력'은 할 수 있습니다. 그 또한 불완전하기에 그 불완전함을 조금이라도 안정적으로 만들고 싶은 바람이겠지요.

어느 순간부터는 '암묵적 약속'이 되었습니다. 단골손님이 점차 늘어나고 응원해주시는 사람이 많아질수록 반대로 지켜보는 사람도 많아졌다고 생각됩니다. 그렇게 암묵적 약속이 된 후드 청소. 이제는 습관이되어버려서 하지 않으면 뭔가 개운하지 않습니다. 한 주를 마감할 때 꼭해야 하는 주 행사입니다.

나의 머리는 믿지 않지만 노력을 믿습니다. 그걸로 족합니다

저는 저의 '노력'과 '땀'을 믿습니다. 결코 요행이나 행운을 바라지 않습니다. 아마도 그건 스무 살에 대입 실패로 인해 얻은 깨달음인 것 같습니다. 처음엔 수능에 감이 없었습니다. 성인이 되는 관문에 있는 수능에 어떠한 느낌도 없었습니다.

재수를 했습니다. 4시간, 하루 수면시간입니다. 없는 살림에 재수를 선택한 것이라 정말 성실하게 했습니다. 그런데 그 재수조차 실패했습니다. '나는 공부하는 머리는 아니구나!' 하고 깨달았습니다. 그리고 들어간 전문대 호텔조리과. 가고 싶어서가 아닌 성적에 맞춰 간 곳이다 보니 우울하기도 했습니다. 지하철을 타고 등교하는 길에 수많은 명문대를 지났으니까요.

그래도 재수 때 건진 습관이 하나 있습니다. '성실함'입니다. 가장 중요하지만 간과할 수 있는 습관. 그런데 무슨 바람이 불어서 였을까요. 문득 '나는 나의 머리를 믿지 않겠다. 대신 나의 성실함을 믿겠다'라고 생각했습니다. 그리고 노력하고 최선을 다해도 성공하지 못할 수도 있다는 것을 배웠습니다. 노력하고 최선을 다하면 성공해야 한다고 생각하지만, 삶이 내 뜻대로 되지 않는다는 것을 배웠습니다. 그래서 연연해하지 않습니다.

다만, 스스로에게 질문을 던져봅니다. "정우야~! 너 후회하니? 아쉬워하니?"라고요. 그에 대한 답은 "아니, 나 후회 안 해. 그만큼 다 쏟아냈어. 내일 죽어도 될 만큼 말이야. 결과는 나의 권한범위가 아닌 걸. 그저 내가 할 수 있는 과정에서 노력을 안 하고 뒤돌아볼 때 '그때 이렇게 할 걸'이라는 생각이 들지 않도록 뛰었어. 그러니 그걸로 됐어"였습니다.

그거면 된 겁니다. 무엇인가 크게 바라는 게 없으니까요. 과정에 충실했고, 내 그릇이 크든 작든 그 분수에 맞게 열심히 뛰었습니다. 그렇게 살다 보니 어느새 몸에 배어 버린 듯합니다. 주변에서는 "너는 좀 쉬면서 해!" "건강은 챙기고 있니?"라고 물어봅니다. 그럼요. 저도 사람인지라 죽을 만큼 뛰지, 죽겠다고 뛰지는 않아요.

그저 스스로를 계속해서 돌아봤을 때 '나는 노력하고 있는가?'를 물어볼 뿐입니다. 지금도 별 것 없지만 스무 살의 저는 정말 아무것도 모르고 아무것도 없었습니다. 그저 그렇기에 노력하는 수밖에 없었죠. 그렇지만 노력을 하면서도 고민했습니다. 그 노력이 그저 노력만 하는 것인지 아니면 방향을 잡고 가는 것인지 말이죠.

저는 저의 머리는 믿지 못합니다. 다만, 저의 노력은 믿습니다. 그러나 결과가 좋기를 바라지 않습니다. 그저 과정에서 부족함이나 아쉬움을 남기지 않으려 할 뿐입니다. 그저 그걸로 족합니다.

19
손에서 책을 최대한 놓지 않으려 합니다

　스무 살까지는 책을 1년에 한 권도 읽지 않았습니다. 책을 읽는다는 건 거의 고통에 가까웠거든요. 까만 건 글씨고, 하얀 건 종이였던 시절도 있었습니다. 그러다 우연히 책방에서 일하게 되었고, 책을 싫어하는 제가 책방에서 아르바이트를 하다 보니 사람들이 빌려 가는 책이 궁금하기 시작했습니다. 그렇게 사람들이 많이 읽는 소설부터 읽어 나갔습니다. 하루에 한 페이지씩이요. 사실 그것도 힘들었습니다.

　그런데 스무 살 저에게 찾아온 여자친구이자 지금의 아내는 책을 너무 좋아해서 하루에 한 권을 읽어내기도 합니다. 그만큼 책을 읽어서 그런지 논리와 어휘력이 풍부합니다. 아내와 대화하려면 나 또한 '격'을 맞춰야겠다는 생각이 들었습니다.

　그래서 어느 쉬는 날, 책상에 앉아 책을 펼쳤습니다. 아니나 다를까, 정신을 차려보니 책상을 정리하고 있었습니다. 몸이 책에 거부반응을 보이는 겁니다. 그래서 제 다리를 의자에 묶고 검은 글씨를 읽었습니다. 내용은 기억도 안 났습니다. 그저 읽는데 충실했습니다. '이걸 다 읽었을 때 자리에서 일어난다!'라는 목표를 세웠습니다. 그렇게 몇 개월 습관을 들이자 검게만 보이던 글씨가 눈에 들어오기 시작했고, 1년이 지나니 스스로 책을 손에 잡는 습관이 생겼습니다.

책을 읽으면서 겪었던 단계적 경험이 아직도 생생합니다. 처음에는 책이 이야기해주는 대로 습득했습니다. 그다음으로는 '과연 그게 맞을까?'라는 궁금증이 생겼습니다. 그러다 보니 다른 자료를 찾기 시작했습니다. 그다음 단계로는 책에 질문을 던지기 시작했습니다. 그리고 어느 순간 대화하기 시작했습니다. 그렇게 책을 읽다 보니 지금은 상태에 따라 책을 고를 수 있게 되었습니다.

조금 숨을 돌리고 쉬고 싶을 때는 문학과 에세이, 여행책을 선택하고, 머리를 조금 더 훈련하고 싶을 때는 아카데믹한 책을 고릅니다. 저희 집에는 TV가 없습니다. 부부의 대화가 중요하니까요. 서로 그날의 일을 이야기하거나 간혹 같은 책을 읽고 토론을 하기도 합니다. 갑자기 제가 질문을 제대로 못 했을 때 아내가 한 말이 생각납니다. "질문이 정확해야 대답이 명확해요."

아마도 제가 스무 살까지 책을 싫어했던 이유는 '책 = 공부'라는 생각이 머릿속에 있었기 때문인 것 같습니다. 재미있는 이야기를 담은 책도 많은데 말이죠. 왜 그랬을까? 하고 곰곰이 생각해 보니 고등학교 때까지 수능이라는 목표 아래 교재를 책으로 접하는 시간이 많아서 그런 것 같습니다. 지금도 틈만 나면 조금이라도 읽으려고 합니다. 단 한 장이라도 좋습니다. 그 한 장에서 잠시 생각을 가다듬고 아이디어를 얻기도 하니까요.

상호간의 예의와 존중을 중요시합니다

　저는 사람으로 살다 사람으로 돌아가고 싶습니다. 어렸을 때는 몰랐지만, 세상을 살다 보면 모습만 사람일 뿐 사람 같지 않은 경우도 접하곤 합니다. 그래서 사람을 어떻게 대해야 하는가에 대한 고민을 많이 합니다.

　남녀노소를 불문하고 늘 예의와 존중을 지키려 합니다. 나이가 많다고 해서 무조건 굽힌다거나 반대로 나이가 어리다고 반말한다거나 하지 않습니다. 나이는 세월이 거저 주는 것일 뿐이니까요. 그저 먼저 태어나고, 나중에 태어난 것뿐입니다. 다만, 연륜에서 보이는 경험과 조언을 해주시는 분에게는 존중을 표합니다.

　마찬가지로 저는 저의 동료를 중요하게 생각합니다. 가족이라는 단어는 싫어합니다. 가족이라고 하면서 함부로 대하는 경우를 종종 접했기 때문입니다. 직원이라는 단어도 싫어합니다. 왠지 '수직'으로 느껴집니다. 군이 수직을 강조하지 않아도 저는 대표라 언제든 들을 준비를 하고 있습니다. 아직 명확한 단어를 찾지 못해 '동료'라는 단어를 사용합니다만, 이 단어도 좋은 것 같습니다. "내가 '명'을 할 때는 일사분란하게 움직여주세요. 다만, 대부분은 수평적인 토의로 언제든 대화를 통해서 의견을 교류하고 그림을 그려가요." 동료가 된 분에게 늘 이렇게 말합니다.

고집보다는 저와 마주한 사람에게 최대한 호흡을 맞추려 합니다. 나의 중심은 있지만 '나'만을 내세우지 않습니다. 그런데 가끔 그런 호의를 자신의 당연한 권리쯤으로 생각하고 '선'을 넘어 오는 경우가 있습니다. 제가 보인 배려는 편안함을 주려고 노력한 것이었는데 말이죠.

어느 날 있었던 일입니다. 식사를 하던 손님이 갑자기 손짓으로 제 동료를 부릅니다. 그러더니 "저기! 크림 파스타 1개 더 주고, 양 좀 많이! 알겠지?"라고 하는 겁니다. 저에게 하대하는 건 그래도 넘어갈 수 있지만 제 사람에게 함부로 대하는 모습을 보니 참지 못하고 감정이 올라왔습니다. "고객님! 저희 레스토랑은 정량으로 운영합니다." "아니, 이 허름한 동네에서 장사하면서 뭐 이리 팍팍해! 그냥 달라면 주면 되지." 이 정도면 좋게 해결할 수 있는 선을 넘은 것입니다.

잠시 동료에게 주방으로 들어가 있으라고 했습니다. 그리고 "식사는 대접하겠지만 돈은 받지 않겠습니다. 대신 손님이라 해서 저희를 함부로 대하지 말아주셨으면 합니다. 저희는 손님의 노예도 아니고 적선을 받는 사람도 아닙니다. 서로 물물교환을 하는 상대입니다. 존중이 없다면 저 또한 손님에 대한 존중은 없습니다. 식사는 바로 내드리겠습니다." 이렇게 말하자 손님께서는 말없이 나가셨습니다.

뒤에서 불안해하던 동료가 "그러다 안 좋게 소문나면 어떡해요!"라고 걱정합니다. "그러면 그것 또한 내 그릇입니다. 어쩔 수 없습니다. 하지만 우리가 모욕까지 당하면서 할 필요는 없습니다. 나는 나의 동료를 존중하고, 동료들은 손님을 존중하며, 손님이 우리를 존중해줄 때 이 사업을 유지할 수 있습니다. 내가 손님에게 무례하거나 경솔하게 행동한 게 아니라면 안 좋은 소문에 신경쓰지 마세요. 우리는 최대한 정중하게 모시고 최선을 다하면 됩니다. 실수했을 때는 경청하고 반성하면 됩니다. 그러나 무례하고 자신에게 무조건 맞추라고 요구하는 사람에게 '손님'이라는 단어를 쓰고 싶지는 않습니다. 나는 잘못했을 때 무릎도 꿇고 사죄도 할 수 있습니다. 그러나 잘못이 없을 때는 굽히는 걸 싫어합니다. 그보다 더한 건 내 동료들이 모욕당할 때입니다. 그게 대표의 책무입니다. 아무리 작은 가게를 운영해도 말이죠."

'손님'이라는 단어. 이 단어는 갑질을 하라고 있는 단어가 아니라고 생각합니다. 우리 손님들은 정중하고 배려할 줄 아는 멋진 분들이십니다. 서로에 대한 예의를 아시고, 자신보다 다른 사람에게 먼저 자리를 내줄 수 있는 여유가 있는 사람들입니다. 여기서 여유는 '자산'을 말하는 것이 아닙니다. '마음'과 '태도'를 말합니다. 그렇게 배웠습니다.

'최선'과 '정중함'

밀라노기사식당에 들어오면 카운터에 크게 쓰인 '친절, 위생, 봉사'라는 글을 볼 수 있습니다. 처음부터 하려던 것은 아니었는데, 문득 예전에 기사식당이나 중국집에 많이 붙어 있던 모습이 떠올라 차용했습니다. 그런데 어느 순간부터 그대로 행동하는 저를 느꼈습니다.

저는 남들보다 뛰어나겠다는 생각을 한 적이 없습니다. 그저 후회만 남기지 않으려고 노력했습니다. 내가 음식점에서 받고 싶은 서비스대로 손님을 대했습니다. 코로나 시기에 버티려다 보니 사람을 쉽게 쓸 수도 없었습니다. 그래서 온몸에 파스를 붙여가며 긴 시간을 운영했습니다.

저도 힘든 시기였지만 모든 사람에게 쉽지 않았던 시기였습니다. 그렇기에 손님들이 오실 때 우울한 기분을 주고 싶지 않았습니다. 혼자 있을 때는 눈물 흘릴 때도 있고, 속상해서 가슴을 치기도 합니다. 그래도 겉으로 내비치지 않아야 한다고 생각했습니다. 우울한 시기에 우울한 기운을 주는 게 아니라 조금이라도 위안이 되고 잠시 쉬어간다는 기분을 손님에게 드리고 싶었습니다.

그렇게 최선을 다했습니다. 저는 '최고'를 지향하지는 않습니다. 최고가 되려고 하면 주변의 중요한 사항을 놓칠 수도 있습니다. 그리고 평범한 일상의 고마움을 차창의 풍경처럼 스쳐 지나쳐버릴 수 있다는 생각이 듭니다. 저는 그저 아내와 도란도란 나누는 한 끼 식사가 좋고,

동료와 가볍게 나누는 커피 한잔으로 만족합니다. 손님이 홀에 가득 찰 때는 땀 흘린 만큼 벅차기도 하고, 반대로 좀 한가할 때는 여유롭게 책을 손에 잡을 수 있어서 좋습니다.

그래서 고민했습니다. '어떻게 내 삶을 영위하면서 사업을 이끌어 갈까?' 그 고민 끝에 '최고'는 모르겠으나 '최선'을 다하는 사람이 되자는 생각을 했습니다. 작은 가게든 큰 기업이든 대표의 가치철학이 있어야 된다는 생각을 했습니다. 저는 이제 만들어가는 단계일 뿐이지만 '그때가 되면'이라고 미루고 싶지 않습니다. 그때가 되어서 하는 게 아니라 되기 전에 준비를 해야 때가 되었을 때 제대로 안착할 수 있다 생각합니다. 최선을 다해서 손님을 모시고 나의 동료에게 마음을 전하면 그들은 저의 '진심'을 알아줍니다. 그들을 대하는 마음을 말이죠.

그리고 작은 동네라고 해도 사람을 대하는 자세는 최대한 정중하게 하려고 합니다. 동네는 대충해도 되고 번화가는 정중해야 한다는 그런 생각은 하지 않습니다. 동네는 무조건 싸야 하고 번화가는 비싸도 된다는 생각도 하지 않습니다. '정중함'이란 나의 손님에게 최선을 다하고 진심을 다하는 자세 그리고 그 가치를 알아주는 분에게 '손님'이라는 호칭을 쓰는 것입니다. 작은 레스토랑을 운영하는 것도 손님을 한 번씩은 '눈에 담기' 위함입니다. 이 작은 동네의 이면도로에 있는 작디작은 레스토랑을 찾아주시는 발걸음을 쉽게 여길 수는 없으니까요. 그래서 제가 할 수 있는 최선은 한 번이라도 손님을 눈에 담는 것입니다.

밀라노기사식당의 첫 번째 키워드는 친절, 위생, 봉사지만 그 안에는 최선, 정중, 진심이 녹아 있습니다.

밀라노기사식당의 메뉴들

'밀라노기사식당'이라는 브랜드를 만들 때, 가장 먼저 생각한 것은 '세련되면서 편안한 공간'입니다. 그래서 [패션=세련됨=밀라노, 서민적인=편안함=기사식당] 이렇게 단어를 조합했습니다. 그리고 우리나라 기사식당의 느낌과 이탈리아의 뒷골목에서 발견한 따뜻한 음식점의 느낌을 매칭하고 싶었습니다.

쉽지 않았습니다. 잘못하면 촌스러울 수 있는 콘셉트였으니까요. 많이 고민했습니다. 외관은 이탈리아 음식점이라는 느낌을 주기 위해 캐노피를 이탈리아 국기로 디자인했습니다. 그리고 기사식당이라는 느낌을 주기 위해 메뉴를 기사식당 폰트로 유리창에 붙였습니다.

자다가도 일어나서 메뉴를 개발하고, 일하면서 시간을 쪼개어 개발에 매진하다 보니 몸이 녹초가 되었습니다. 그렇게 메뉴를 개선하고 개발하면서 최소 한 가지 메뉴당 50번의 디자인을 바꿨습니다. 그런데도 전주비빔은 포기하고 싶었습니다. 100번 넘게 디자인을 바꿔도 '맛의 균형'이 잡히질 않았습니다. 가오픈 전날까지도 결국 잡히지 않아서 포기하려고 했지만 "아쉬우니까 조금만 더 해보는 게 어때?"라는 주변의 응원이 있었습니다. 그렇게 밤 11시가 다 되어갈 무렵에야 간신히 완성할 수 있었습니다. 아침 6시부터 시작해서 그제야 끝난 거죠. 그렇게 끝내고 나니 마음이 편했습니다. 그럼 지금부터 완성된 메뉴 이야기를 들려드릴까 합니다.

•• 따로따로 '밀탕 파스타'

밀탕 파스타는 우리나라의 '따로국밥'에서 착안했습니다. 국물 따로 밥
따로 먹듯이 탕 따로 파스타 따로 먹어도 되고, 적셔서 먹어도 되도록 개
발한 메뉴입니다. 맛은 자극적이지 않고 담백하도록 디자인했습니다.
그리고 점점 먹을수록 그 맛이 입에 계속 맴돌 수 있게 고민했습니다. 그
렇게 탄생한 밀탕 파스타를 드신 손님들이 "피로할 때 먹으면 풀려요"
"해장하는 느낌이에요!" "몸보신하는 기분이에요"라고 표현해주시는 데
감사했습니다.

•• 나를 가장 애먹이고 손님에게는 '愛' 먹인 '전주비빔 파스타'

정말 마지막까지 포기하고 싶었던 메뉴입니다. 자신감 상실까지 불러
왔습니다. 도저히 해낼 자신이 없었거든요. 우리나라에서 비빔밥 하면
가장 먼저 '전주비빔밥'을 떠올립니다. 여기서 이미지를 착안해 비빔
밥 느낌이 나면서도 낯설고 새로운 느낌을 손님에게 주고 싶었습니다.
신기한 건 우리 손님들이 그 과정을 지켜보기라도 한 듯 가장 먼저 인
기를 끈 메뉴입니다.

•• 나를 닮은 '순두부강된장 파스타'

순두부강된장 파스타는 제가 가장 애정하는 메뉴이기도 합니다. '초당
순두부'에서 착안해 맑고 하얗게, 고소하고 담백하게 개발했습니다. 여
기에 너무 짜지 않게 강된장을 업그레이드해서 파스타와 균형을 맞춰
감칠맛이 느껴지게 했습니다.

　　그럼 저를 닮았다는 이유는 뭘까요? 저는 겉으로 보기에 뭔가 화려

하거나 특별한 게 없어 보입니다. 그저 수수하죠. 드러내는 것을 잘하지 못합니다. 그냥 조용히 '평범한 삶'을 좋아합니다. 아내와 손잡고 저녁에 걷는 시간, 하루를 마치고 둘이 잠들기 전에 도란도란 나누는 대화, 친구들과 식사 한 끼에 웃으면서 보내는 시간이 좋습니다.

이처럼 별다른 게 없는 저를 닮으니 어찌 보면 밋밋할 수 있습니다. 그래서인지 이 메뉴는 손님 눈에 제일 마지막에 띄기 시작했습니다. 그런데 지금은 손님들이 찾는 최애 메뉴가 되었습니다. 많은 분이 담백하지만 깔끔하고 고소한 그 맛을 좋아하십니다.

•• '불제육볶음 파스타'
기사식당의 대표메뉴는 누가 뭐래도 '제육'입니다. 그래서 제육볶음 파스타를 개발했습니다. 그런데 그 색이 제대로 살아나지 않는 것 같아 조금은 자극적이면서 매콤하게 색을 살렸습니다. <식스센스3> 본방에는 촬영분이 안 나갔지만 출연진 모두 좋아했던 메뉴입니다. 미공개 영상에서 이 부분을 제작진이 살려줬습니다. 식스센스 제작진과 출연진들이 많은 노력과 시간을 쏟아주셔서 가능했던 일입니다.

•• '통마늘삼겹 파스타'
우리나라 사람들이 좋아하는 '삼겹살'과 '마늘'을 듬뿍 넣고, 대파와 갈릭 후레이크까지 첨가해서 섞어 먹으면 파 향이 올라오면서 느끼함을 잡아주도록 개발한 메뉴입니다. 삼겹살은 스테이크처럼 썰어 드시게 통으로 드립니다. 이 메뉴는 솔직히 '남성분'을 생각하면서 만들었습니다. 파스타는 대부분 여성분이 더 좋아하고 찾아주십니다. 반면, 데이트 나

온 남성분들은 입맛에 안 맞는 경우가 많습니다. 그래서 특별히 남성을 위해 개발했습니다.

•• 신선로 스튜 중 '아라비아따 미트스튜'
신선로 스튜는 원래 여러 종류가 있었습니다. 처음부터 있었던 메뉴는 아니고, 손님들이 와인을 많이 드셔서 와인에 맞춰 드실 수 있도록 개발한 음식입니다. 놋그릇으로 디자인을 잡았기에 스튜도 '신선로'로 하면 좋겠다고 생각해서 최대한 신선로 모양과 비슷하게 만들려고 노력했습니다.

칼칼하고 얼큰하면서도 달짝지근하고 감칠맛이 돌아 손님들이 와인에 곁들여 드시면 너무 좋아하십니다. "여기에 밥 말아 먹고 싶어요~." "이거 포장 메뉴 만들어 주세요!"라는 말씀을 많이 하십니다. 그래서 포장해가서 드실 수 있게 밀키트로 개발 중입니다.

•• '육회 카르파치오'

이탈리아에 '비프 카르파치오'라는 음식이 있습니다. 여기에 착안해 우리나라 사람들이 좋아하는 육회로 카르파치오를 만들었습니다. 직접 만든 토마토소스를 베이스로 육회와 곁들여서 나갑니다. 손님들이 와인에 곁들여 가볍게 드시기도 하고, 색다른 맛을 즐기시는 분들이 찾는 전채요리입니다.

저야말로 찾아주셔서 감사합니다.

기분 좋은 시간을 보내셨다는 말에 저 또한 행복했습니다.

'최고'로 모시겠다는 말은 못하겠습니다.

최고는 저의 노력으로 할 수 있는 게 아니니까요

하지만 언제나 '최선'을 다해서 모시겠습니다.

그건 제가 할 수 있는 노력이니까요

Chapter 2

희망을 봄

집합 금지가 풀리기만 하면!

코로나에도 봄은 찾아옵니다

〰

겨우내 계절과 함께 얼어붙었던 발걸음. 추운 겨울이 가고 세상은 봄의 소식을 알립니다. '그 봄이 우리 레스토랑에도 찾아왔으면 좋겠다'라고 생각했습니다. 그래도 이제는 오픈한 지 반년이 지나갑니다. 사람의 발길이 덜했던 시기였지만 그 안에서 그래도 고마운 발걸음이 차곡차곡 쌓였습니다. 오히려 천천히 차곡차곡 쌓여서 '인연'이 만들어진 건지도 모르겠습니다.

5인 집합 금지

〰

하도 정책이 많이 바뀌어서 이제는 가물가물합니다. 어설픈 기억으로는 이때 5인 집합 금지, 10시 통금이었습니다. 재미있는 건 5인 집합 금지를 걸면 4인을 채워서 오는 게 아니라 2인이 대부분이고, 주말에나 가족 단위로 4인씩 찾아오십니다. 그리고 10시 통금이면 7시, 늦어도 8시면 손님이 들어오지 않습니다. 저도 정책에 따라 그리고 계절에 따라 변하는 손님들의 동향을 보면서 신기해했습니다.

디너 타임 시작

〰〰

　　디너 타임에는 손님이 얼마나 올지 전혀 알 길이 없습니다. 그래도 봄부터는 조금씩 들어오기 시작해서 너무나 감사했습니다. 아무래도 불광천 벚꽃길을 걷기 위해 돌아다니는 사람들이 있기 때문인 듯합니다. 길에 사람이 돌아다니는 것을 보면서 기분이 한결 좋아졌습니다.

저녁 무렵, 4인 한 팀이 입장합니다. 낯이 익은 손님이 자리에 앉으셨습니다. "셰프님~! 오늘은 이만큼밖에 못 데리고 왔어요…. 다음에 5인 집합 풀리면 제가 잔뜩 데리고 올 거예요!" 하시더니 와인과 음식을 푸짐하게 시켜 드시며 담소를 나눕니다. 홀이 꽉 차지는 않더라도 손님의 대화 소리가 들리니 그만큼 좋은 것도 없었습니다.

남기는 글

기억하고 찾아주시는 것만으로도
감사하다는 말씀을 드리고 싶습니다. 게다가 마음 써서
친구들을 데리고 와주시니 더 고마웠습니다. 저만 힘든 시기를
보내는 것도 아니어서 힘들다고 표현은 못했습니다.
지금 시기는 그런 것 같습니다.
대신 얼굴 한 번 보고 한 번 웃는 걸로
서로를 달래주는 시간이 된 듯합니다.
언제나 몸 건강하시길….

꼬마 손님의 포모도로 두 그릇

이모를 따라

언젠가 가족끼리 방문하셨던 어머님이 따님과 여동생 그리고 조카를 데리고 오셨습니다. 꼬마 남자아이가 조용히 엄마 옆에 앉아 있고, 어머님께서 "아이가 먹으려면 뭐가 좋을까요?"라고 물어보십니다. 그래서 "아이 손님은 보통 포모도로 파스타를 잘 먹습니다. 혹시 토마토를 싫어하거나 알레르기가 있을까요?"라고 물어보니 그렇지 않다고 합니다. 그렇게 밀탕과 순두부강된장 그리고 포모도로 파스타를 주문하셨습니다.

보통 음식을 내드릴 때는 간이 순한 것부터 드리곤 합니다. 아니면 꼬마 손님이 있는 경우에는 아이 음식부터 내곤 하지요. 그 상황에 따라 나가는 순서가 시시각각 바뀝니다. 그래야 조금이라도 덜 기다리고 식사를 즐기실 수 있으니까요. 이번에도 우리 꼬마 손님의 포모도로부터 나간 뒤 나머지 음식이 세팅되었습니다.

"한그릇 더!!"

그런데 다른 음식이 나오기도 전에 이미 꼬마 손님은 파스타 한 그릇을 전부 흡입했습니다. 이모와 엄마는 입을 벌리고 잠시 쳐다보십니다. 엄마는 잘 먹는 모습에 기분이 좋아 보이십니다. "아니 애가? 집에서는

이렇게 안 먹으면서. 호호호!"라고 하시자 이모가 "한 그릇 더?"라고 웃으면서 물어봅니다. 그랬더니 조카가 힘차게 고개를 끄덕입니다.

그렇게 두 번째 포모도로가 나갔습니다. 또 정신없이 흡입합니다. 이모가 "세 그릇은 안 돼~. 그리고 너 왜 이렇게 잘 먹어? 응?" 그러자 먹던 동작 그대로 멈칫하면서 대답합니다. "맛있고! 이모가 사주는 거잖아!" 이 말에 이모가 기가 찼는지 웃다가 "너 다음부터 아빠한테 사달라고 해!"라고 합니다. 그랬더니 꼬마 손님 왈, "아빠 돈 없어. 아빠랑 먹으면 짜장면 사달라고 해야 해…"라며 시무룩해집니다. 그 바람에 식사하던 가족 모두 한바탕 크게 웃었습니다.

남기는 글

이날은 우리 꼬마 손님 덕에 하루 종일 웃었습니다.
어리다고 생각이 없거나 눈치가 없는 건 아니라는 사실을
우리 어린 손님들을 보면서 배웁니다.
오히려 더 똑똑한 것 같기도 합니다.
지금처럼 밝고 씩씩하게 자라줬으면 좋겠습니다.
다만, 주변 사람도 배려하면서요.
잘 자랄 것 같습니다.
좋은 엄마와 이모를 뒀으니까요.
아이는 부모님의 뒷모습을 보고 자란다고 합니다.
잘나가는 부모가 아니더라도 바르게 걷는 부모님이라면
아이들도 정말 잘 따라 클 거 같네요.
다음에 오면 포모도로를 두 그릇 같은 한 그릇으로 줘야겠습니다.

음식을 드시고, 우셨습니다. 손님이

우연한 방문

디너 타임에 중년 부부가 입장하십니다. 은평구로 이사 온 지 얼마 안 되셨는데, 남편분이 마중을 나오셔서 같이 걷다가 주변 맛집을 찾아 들어오셨다고 합니다. 홀에 입장한 순간 문밖과 안을 번갈아 보십니다. 공간이 전혀 다른 느낌을 줘서 신기하신 듯합니다. 원래는 간단히 먹으려고 들어오셨지만, 갑자기 이것저것 많은 메뉴를 주문하십니다.

아내분이 간단히 와인도 곁들이자고 하시니, 남편분도 흔쾌히 와인을 주문하십니다. 그렇게 식사를 하시던 도중, 갑자기 여성분 눈시울이 붉어집니다. 남편분이 "왜 그래? 갑자기 왜 울어?" 하시자 "아무것도 아니야. 나도 잘 모르겠어. 음식을 먹으니 갑자기 눈물이 나네. 슬퍼서는 아니고 기분이 좋아서 그래"라고 대답하십니다.

저도 깜짝 놀란 가슴을 쓸어내렸습니다. 평소에도 손님들이 식사하면서 불편하거나 필요한 건 없는지 표정을 관찰하는데, 갑자기 눈물을 보이시니 놀랄 수밖에요. 그래서 지금은 없어진 달콤한 디저트를 내드렸습니다. "이제 좀 괜찮으세요?"라고 조심스럽게 여쭤보니 "아마도 제가 분위기에 취하고, 와인과 음식에도 기분 좋게 취해서 그런가 봐요. 이런 기분 정말 오랜만인 것 같습니다. 대접받는 기분이라고 할까요"라고 하십니다.

남편분도 그 말씀을 듣고는 덩달아 좋아하셨습니다. 저 또한 '이런 기분에 내가 음식을 만들지!'라는 생각이 들었습니다. 마스크를 쓰고 있어서 입가에 핀 미소를 보여드리지는 못했지만, "저 또한 기분 좋게 드시는 모습에 또 한 번 기운을 얻습니다"라고 말씀드렸습니다.

남기는 글

잊지 말고 기억해주셨으면 좋겠습니다.
좋은 추억이 되는 장소로요.

'김치'를 찾는 아가씨

～～

네 명의 젊은 손님이 홀에 들어오시자마자 레스토랑 전체에 젊은 기운이 뿜뿜 느껴집니다. 이처럼 손님의 연령대에 따라 공간의 분위기가 바뀌기도 합니다. 저만 느끼는 것일 수도 있습니다. 네 명이 다양하게 메뉴를 시킵니다. 그러더니 한 아가씨가 "셰프님~! 혹시 김치는 없을까요?"라고 물어보십니다.

본인도 이야기하면서 민망한지 웃으며 말합니다. 그리고 주변 친구들도 까르르 웃습니다. '밀라노'보다는 '기사식당'에 포인트가 맞았나 봅니다. 저도 젊은 여성분이 김치를 찾으니까 당황하면서도 '그럴 수 있겠구나'라고 생각했습니다. 김치는 따로 두지 않지만, 이때 마침 제가 먹으려고 김치를 조금 만들어 놨었습니다. "음…, 김치는 원래 따로 드리지 않습니다"라고 답한 후 식사를 내고 김치를 조금 담아 살포시 놔드렸습니다.

그랬더니 눈이 반짝반짝하십니다. 친구들도 "정말 김치가 나왔어!"이러면서 호들갑을 부립니다. "제가 마침 먹으려고 만들어놨거든요. 조금 맛보세요." 하고 물러났습니다.

식사를 마친 후 주섬주섬 그릇을 정리하다

그렇게 와자지껄 떠들면서 식사하더니 한순간 조용해집니다. '왜 갑자기 조용하지?' 하는 생각이 들어 테이블을 바라보니 일어날 준비를 하는 것 같았습니다. 그런데 깨끗하게 먹은 그릇을 열심히 모으십니다. 안 그래도 그릇을 예쁘게 모아놓고 가시는 손님이 평소에도 많았습니다. 레스토랑 안에만 있다 보니 잘 몰라서 손님께 조심스럽게 여쭤봤습니다.

"혹시 요즘 다 먹은 그릇 모아놓는 게 유행인가요?"라고 물으니 질문이 웃기셨는지 한참을 웃다가 "그건 아니고요. 음…, 혼자 하시니까 좀 모아놓으면 치우실 때 편하지 않을까 하고요. 저희도 아르바이트를 하

다 보니 엉망으로 놓고 가는 것보다 치우진 않더라도 깔끔하게 모아놓으면 기분이라도 좋지 않을까 해서 그랬어요"라고 말씀하십니다.

남기는 글

치우면서 너무나 기분이 좋았습니다.
어렵고 힘든 시기에 밝은 기운 덕에 기분 좋았고,
배려해주시는 매너에 감사했습니다. 우리 젊은 손님들 앞길에
험한 길도 꽃길도 있겠지만, 언제나 무탈하시길 바랍니다.

결혼 26주년 기념

너무 무겁지도 그렇다고 가볍지도 않은…

레스토랑을 운영하면서 매일 인생을 배웁니다. 오늘도 하나 배운 건 '젊은 층만 이런 공간을 좋아하는 건 아니구나'였습니다. 나이를 먹어도 새로운 것을 찾고, 분위기를 내고 싶은 건 마찬가지라는 것을 잠시 잊었습니다.

늦은 저녁에 들어오신 중년 부부. 음식을 주문하고 식사를 하십니다. 다행인 건 오늘 마지막 팀이다 보니 잠시 저도 여유가 생겼습니다. 어느 정도 식사를 하신 것을 보고 다가가 "입맛에 좀 맞으셨나요?"라고 여쭤봤습니다. 그랬더니 "너무 무겁지도, 그렇다고 가볍지도 않은 음식과 공간 덕분에 힐링합니다. 실은 오늘이 우리 부부 결혼한지 26주년이거든

요. 그래서 뭔가 특별한 공간을 찾다가 의구심 반 호기심 반으로 와봤습니다. 처음에는 네이버 평점이 높기에 돈 써서 홍보했겠거니 싶었는데, 영수증 리뷰를 보니 전부 진짜 손님이라는 느낌이 들더라고요. 그래서 왔는데 여긴 진짜네요!"

그 말씀에 너무 감사했습니다. 사실 '홍보비 쓸 돈이 있었으면 좋겠다'는 생각을 안 한 것은 아닙니다. 영수증 리뷰라는 것도 다른 손님 덕분에 알았습니다. 음식을 드시고는 영수증 꼭 달라고, 자기가 글 써야 한다고 하시더라고요. 리뷰를 손님에게 부탁해볼까도 생각해봤습니다. 딱 한 번 해봤는데 제 성격상 그 또한 쉽지 않았습니다. 괜히 맛있는 식사와 분위기를 즐기고 나서 기분 상하실 수도 있을 것 같아서요. 그리고 괜히 부담드리는 것 같아 더는 하지 않았습니다. 그저 이 공간에서 맘 편히 즐기다 가시는 걸로 족하니까요.

남기는 글

우리 부부는 11년 연애 후 결혼 7년차를 향해 갑니다.
연애와 결혼은 연장선 같으면서도 다른 것 같습니다.
서로의 단점을 안 봐도 되는 게 연애라면,
그 단점마저도 감싸고 가야 하는 게 결혼 같습니다.
물론 너무 과해서는 안 되겠지만요. 26년을 그렇게 같이 걸어온
두 분이 멋있어 보입니다. 저도 아내와 그렇게 은은하고
담백하게 나이 들어가고 싶네요.

가장 긴장되는 순간, 부모님의 음식 평가

예상치 못한 전개

밀라노기사식당을 오픈할 때 주 고객 연령층을 20대 후반에서 40대 초반으로 생각했습니다. '모든 사람의 입맛을 만족시키겠다'는 생각은 시작할 때부터 꿈도 꾸지 않았습니다. 그런데 신기하게도 오시는 손님 중 상당수가 '부모님 생각이 난다'고 말씀해주십니다. 지금은 부모님을 모시고 오는 손님이 많아 익숙해졌지만, 처음에는 저도 정말 긴장 많이 했습니다.

이날도 부모님을 모시고 온 손님이 계십니다. 부모님에게 밀탕, 전주비빔, 순두부강된장을 직접 설명하면서 추천하십니다. 주문을 받고 조금 더 긴장된 마음으로 음식을 만들었습니다. 완성된 음식을 테이블에 올리고 마음 졸이며 지켜보고 있었는데, 알고 보니 손님도 저와 같은 긴장된 마음으로 부모님 입을 지켜보고 계셨습니다.

부모님이 음식을 한 입 드시는 순간, 우리 셋은 침을 꿀꺽 삼키고 어떤 반응이 나오는지 기다렸습니다. 어머니는 얼굴에 웃음꽃이 피어나고, 아버지께서는 "어허~, 시원하고 좋다!"라고 하십니다. 그제야 셋 다 안도의 한숨을 내쉬며 눈이 마주쳤습니다. 같은 생각인지 마스크를 썼지만 웃고 계시다는 게 느껴졌습니다.

긴장된 순간이 지나가고 도란도란 이야기를 나누며 식사를 하십니다. 그리고 계산하고 나가시면서 "셰프님, 고생 많으셨어요~"라고 인사해주셨고, 저도 손님께 "고생 많으셨습니다"라고 다독여줬습니다.

남기는 글

제 음식을 드신 분들이 부모님, 친구 그리고 연인을 모시고 옵니다.
그럴 때면 긴장도 많이 되지만 감사하다는 생각이
마음 깊이 생깁니다. 우리 손님들에게 중요한 사람을 떠올리고
데리고 온다는 것만큼 뜻 깊은 일은 없으니까요.
최고는 모르겠습니다만, 우리 손님들이 식사 하면서
소중한 사람이 떠오르는 음식을 만들도록 계속 노력하겠습니다.

동생이 임신을 해서 맛있는 걸 먹이고 싶어 왔어요!

임신한 동생을 위해서

코로나 시기는 모두에게 힘든 시간입니다. 결코 자영업을 하는 저 같은 사람만 힘든 게 아니라고 생각합니다. 아이를 키우는 사람도, 임신을 한 사람도, 대학생도, 어린 학생도, 회사원도 모두 지치기도 하고 두렵기도 한 시기입니다. 그런 시기에 임신한 동생을 데리고 오신 손님이 계십니다.

"임신해서 입덧하느라 잘 먹지 못하는 동생에게 맛있는 걸 먹이고 싶어서 찾아왔어요!"라고 하십니다. 가뜩이나 외식이 쉽지 않은 시기에 임신까지 하셨지만 그래도 모처럼 큰마음 먹고 오신 겁니다. 기분 좋게 식사하시고 가셨으면 하는 마음이 컸습니다. 역시나 임산부에 맞는 음식을 주문하셨습니다. '음식이 괜찮으시려나?' 생각했는데 다행히 한입 드시더니 맛있다고 하십니다. 그 모습을 보고 있던 언니도 기분이 좋은지 "더 먹어. 많이 먹어. 먹고 싶은 만큼 시켜줄게!"라고 합니다. 언니는 동생이 먹는 모습을 한참 보다가 천천히 식사를 시작하셨습니다.

식사를 마치셔서 테이블로 다가가니 "정중히 대접받은 기분이라 감사해요. 동생도 너무 좋아합니다"라고 말씀해주셨습니다. "감사합니다." 하며 가볍게 묵례를 해드렸습니다. 계산하고 나가시면서도 "좋은 음식과 행복한 기분으로 갑니다"라는 칭찬을 남겨주셨습니다.

남기는 글

저야말로 찾아주셔서 감사합니다.
기분 좋은 시간을 보내셨다는 말에 저 또한 행복했습니다.
'최고'로 모시겠다는 말은 못하겠습니다.
최고는 저의 노력으로 할 수 있는 게 아니니까요.
하지만 언제나 '최선'을 다해서 모시겠습니다.
그건 제가 할 수 있는 노력이니까요.

08

우울할 때마다 항상 여기에 와요

우울할 때 혼자 레스토랑을 찾으시는 손님

항상 혼자서 오시는 손님. 매번 얼굴을 볼 때면 티를 안 내려고 했지만 뭔가 우울해 보였습니다. 그러다 보니 음식을 먹고 기분이 한결 나아지셨으면 좋겠다는 생각으로 음식을 만들어 드렸습니다. 그렇게 말을 별도로 하지 않고 마음으로만 전달했습니다. 그리고 음식을 드시고 나서 표정이 한결 부드러워지는 모습을 보면 다행이라는 생각이 들었습니다.

오늘은 친구들과 함께

~~~

어느 날은 친구들을 잔뜩 데리고 찾아오셨습니다. 그리고 "이 것도 맛있고, 저것도 맛있고…" 하며 설명을 늘어놓으십니다. 왠지 기분이 좋아 보이십니다. '친구들과 와서 기분이 좋으신가?'라고 생각했습니다. 주문한 음식이 나가고 식사를 하시는 동안 잠시 대기했다가 어느 정도 식사를 마치신 걸 보고 조심스레 다가가 인사를 드렸습니다.

그랬더니 "셰프님, 제가 우울할 때면 항상 이곳을 찾았어요. 그러면 마음이 참 편하고 위로받고 가는 기분이었습니다. 혼자서 식사하러 와도 마음 편히 식사할 수 있게 배려해주셔서 감사합니다. 오늘은 우울해서가 아니라 기분이 좋아서 친구들을 데리고 왔어요! 친구들에게 여기 음식을 소개시켜 주고 싶었거든요"라고 밝게 말씀해주셨습니다.

남기는 글

때로는 누구라도 힘들기 마련입니다.
밀라노기사식당이 위로가 되었다면 다행입니다.
그리고 기쁠 때 친구들과 오셔서 더 감사합니다.
우리 손님이 살면서 우울한 일보다는
기쁜 일이 많았으면 좋겠습니다. 그리고 어떤 기분이든
이곳을 생각해주신 마음 감사히 받겠습니다.
언제나 마음 건강하세요~!

09

이사를 가지만 잊지 않을 겁니다!

20시 50분, 늦은 시간 첫 방문

4월 늦은 시간, 레스토랑에 젊은 커플이 입장했습니다. "식사 가능한가요?"라는 말씀에 자리를 안내해드렸습니다. 스튜와 밀탕 파스타를 드시면서 저를 바라보십니다. 그래서 '뭐 필요한 게 있으신가?' 해서 다가가니, "셰프님~! 제가 이 동네에 오래 살았는데 왜 이제야 여길 알았죠?"라고 말씀하시네요. 그렇게 식사를 마치고 나가시면서 "다음에는 부모님 모시고 올게요!" 하며 다음을 기약해주셨습니다.

얼마 후, 정말 부모님을 모시고 아기와 함께 와주셨습니다. "저번에 진짜 몸이 고단했는데 밀탕 파스타를 먹으니까 피로가 확 풀리는 거예요. 먹다 보니 부모님도 좋아하시겠다 싶어서 오늘 모시고 왔습니다"라고 말씀하십니다.

신기한 건 부모님도 밀탕, 전주비빔, 순두부강된장 파스타를 좋아하셨습니다. 파스타와는 거리가 멀지 않을까 생각했는데 너무 맛있게 드십니다. 아마도 자식들이 생각해서 데리고 온 마음을 알기 때문일 겁니다. 드러난 표정에서 제 속마음을 읽으셨는지 어머님이 "우리도 맛있는 거 먹을 줄 알아요!"라고 하셔서 다들 크게 웃었습니다.

그러고 한참 지난 후…

그렇게 꾸준히 찾아오시더니 한동안 발걸음이 뜸했습니다. 자주 보이던 손님이 안 보이면 보고 싶기 마련입니다. 다만, 제 입장에서는 기다리는 방법밖에 없습니다. 보고 싶다고 먼저 연락을 드리는 건 실례니까요. 그래서 언제나 '기다리는 마음'으로 있습니다.

7월, 코로나 4단계 위기 상황이 시작되었습니다. 그 탓인지 유난히 조용한 저녁에 "셰프님~!" 하며 반가운 얼굴이 들어옵니다. "제가 그동안 뜸했죠? 멀리 이사 가서 한동안 정신없었습니다. 혹시 실례가 안 되면 영상통화해도 될까요? 제가 친구들한테 이곳을 소개해주고 싶어서요" 라고 하십니다. 괜찮다고 말씀드리니 친구들에게 전화를 걸어 열심히 설명을 하십니다. "부모님 댁이 이쪽이니까 방문할 때 종종 들를게요. 용기 잃지 마세요!"

그날 저녁 마감하려고 하는데 손님이 다시 찾아오셨습니다. 그 뒤로 아내분이 음료수를 들고 들어오십니다. 처음 방문하셨을 때는 아내분이 한국 사람인 줄 알았는데 나중에 알고 보니 외국분이었습니다. 타국에서의 생활이 얼마나 고단할지 알기에 오실 때마다 더 신경을 쓰곤 했습니다. 그 마음을 알아주셨는지 아내분이 돌아가는 길에 음료수라도 드리고 가자고 말씀하셨다고 합니다. "저희는 이사 갔지만 언제나 잊지 않을게요. 그리고 이곳에 올 때면 찾아오겠습니다. 항상 몸 건강하세요!" 고단함은 이런 작은 마음 하나에 사르르 녹아내리곤 합니다.

남기는 글

처음에 찾아주실 때는 발걸음에 고맙고,
기억하고 재방문해주시는 손님에게는 잊지 않으심에 감사합니다.
그리고 이렇게 응원해주시는 우리 단골들을 볼 때면
그 마음에 어긋나지 않도록 더 노력해야겠다는 생각이 듭니다.
이사를 가신 곳에서도 잘 적응하시면 좋겠습니다.
그리고 혹시나 힘들고 지칠 때 생각나면 오세요.
피로가 싹 풀리게 파스타 한 그릇 올려드리겠습니다.

대학생 때 만난 인연

~~

몇 해 전 겨울, 불광역에서 만난 후배가 "형! 제 여자친구예요"라고 소개하던 모습이 떠오릅니다. 항상 제가 무엇을 하면 뚫어져라 보고 있어서 여자친구가 "닳겠다, 닳겠어!"라고 핀잔을 주고는 했습니다. 무던하고 현명한 분이시라 '요 녀석이 이분과 결혼하면 좋겠다'라는 생각을 했지만, 모든 결정은 본인이 내리는 것이기에 조언을 구하는 게 아니면 부러 입 밖에 내지 않았습니다. 그 또한 '참견'이 될 수 있으니까요. 그러던 녀석이 드디어 결혼을 한다고 청첩장을 들고 왔습니다.

형들에게 청첩장을 돌리기 위한 모임 장소를 우리 레스토랑으로 하겠답니다. 식사비는 어찌 다 받을 수 있나요. 동생한테 말하지 않고 축하주를 준비했습니다. 저는 같이 앉아서 식사하지 못하더라도 말이죠. 음식을 대접하고 축하주를 따라주고, 건배사로는 코로나 시기에 하는 결혼이다 보니 "무사히만~!"이라고 했습니다. 우리가 생각했던 코로나 이전의 일상이 아니니까요.

    동생들에게 음식을 대접하고, 손님 응대를 하느라 바빴습니다. 그러다 문득 시선이 느껴져 고개를 돌렸더니 동생이 저를 빤히 보고 있습니다. 그 시선에 조금 부끄러워 "왜 그렇게 뚫어지게 쳐다봐?"라고 했더니, "형! 표현이 잘 생각나지 않아서 외람될 수도 있는데…, 뭔가 대견? 기특? 부모님들이 느끼는 그런 기분이 들어요! 형이 그렇게 하고 싶다고 노래를 부르던 레스토랑이지만 가뜩이나 힘든 시기라 많이 걱정했는데 너무 행복하게 하시는 것 같아서요"라고 말합니다.

경조사에 찾아가지 못하는 미안함

결혼식은 다가오는데 혼자서 레스토랑을 운영하다 보니 도저히 갈 수 없는 상황이 되어버렸습니다. 그래서 미안한 마음으로 연락했습니다. "어쩌지? 내가 못 갈 것 같아…. 정말 미안하다." 그러자 수화기 너머 가만히 듣던 동생이 "형! 형이 왔으면 더 좋겠지만, 한편으로는 슬퍼질 것 같아요. 여기 올만큼 한가하다는 거잖아요. 그런데 형이 바빠서 못 오는 거면 저는 그게 더 기뻐요!" 하며 저의 미안한 마음을 달래줬습니다.

남기는 글

형의 입장을 이해해주는 너그러운 마음에 다시 한번 고맙다.
그리고 결혼 생활에 항상 좋은 일이 가득했으면 좋겠어.
무엇보다 가장으로써 책임감이 크겠지만,
혼자 이끌어가려고 하지 말고, 둘이 지금 잡은 손 그대로
같은 보폭으로 서로를 바라보며 걸어갔으면 좋겠다.
결혼기념일에는 미안하고 고마운 마음을 담아
너희 부부를 이 장소에 모시도록 할게!
언제나 너의 삶을 응원한다.

좋은 것만 생각해!

소꿉친구의 방문

서로 다른 고등학교에 다녔지만 학원에서 가까워진 친구가 있습니다. 집에 가는 길이 같아서 학원 끝나면 같이 걸어가곤 했죠. 지금은 결혼해서 한 아이의 엄마로 잘살고 있습니다.

어느 날, 브레이크 타임에 헬스장에서 운동하고 있는데 그 친구로부터 연락이 왔습니다. "무슨 일이야?" 그랬더니, "나 파스타가 땡기는데, 가도 돼?"라고 합니다. "안 될 게 뭐 있어. 어여 와! 근데 혼자 와?" "아니, 남편이랑!" 운동을 마친 뒤 씻고 디너 준비를 했습니다. 친구의 남편분은 항상 예의 바르십니다. "친구네 가게라서 오는 게 아니에요, 정우 씨. 저희가 계속 오는 건 맛이 있어서예요. 진짜요!"라고 늘 칭찬해주십니다. 직장동료나 주변 친구들에게도 많이 알리고, 직접 데리고 오시기도 합니다. 그렇게 마음 써주시는 게 감사하지요.

"힘들 때는 임산부처럼 생각해 봐!"

이 친구를 보고 있으면 다시 고등학교 시절로 돌아갑니다. 고3 시절은 그저 암울하기만 한 시기라 생각조차 하고 싶지 않습니다. 그나마 친구들과 있었던 소소한 추억으로 버틴 것 같습니다. 식사를 마칠 때까지 손님이 없어 커피 한 잔을 내려줬습니다. "너 그거 아냐?" 제가 말했습니다. "고3 때 네가 해준 말 덕분에 그나마 잘 지냈던 거 같아"라고 하니 "내가 뭐? 그렇게 중요한 말을 했어?" 하며 까르르 웃습니다. "응. 내가 힘들어하니까, 뭐 그때는 뭘 하든 힘들 때였지만… 아무튼 네가 옆에 있다가 '박정우! 힘들 때는 임산부처럼 생각해 봐. 응? 좋은 것만 보고, 좋은 것만 듣고, 좋은 것만 먹고, 좋은 것만 생각해! 그럼 괜찮아져'라고 했어." 그랬더니 "아니, 그런 말까지 기억해?" 하며 부끄러워합니다.

남기는 글

요즘 따라 더 그때 네가 해준 말이 생각난다.
지금 시기가 뭐 웬만해야 말이지….
네 말처럼, 좋은 것만 생각하려고 노력한다.
그러다 보니 이 시기도 잘 버티고 헤쳐 나가는 것 같아.
고맙다. 그때 그 한마디가.

오늘은 제가 하나 배워갑니다

오픈 첫날의 첫 손님

응원을 건네주는 손님은 너무나 많지만 죄송하게도 전부 다 기억나지는 않습니다. 그래도 2020년 오픈 첫날의 첫 손님은 정확히 기억합니다. 북가좌동 불광천편에 오랜 시간 카페를 운영하고 계신 남자 사장님. 검은 모자를 쓰고 조용히 들어오셔서 밀탕 파스타를 주문하셨습니다. 건너편 카페 사장이라고 말씀을 해주셔도 괜찮으실 텐데 괜히 부담될까 부러 말씀을 안 하시는 것 같았습니다. 밀탕 파스타를 드시고는 "시원하게 잘 먹었습니다"라는 말씀을 하신 게 기억납니다.

서로가 힘든 시기였습니다. 카페는 집합 금지에 들어갔다가 풀리기도 하고, 나중에 들으니 부천에 다른 가게를 오픈했는데 그 가게는 영업시간 제한이 걸려 거의 운영이 힘들었다고 합니다.

어느 날 "제가 이래저래 바빠서 너무 늦게 왔네요"라면서 아내분과 함께 찾아오셨습니다. 힘든 시기를 같이 보내는 사이다 보니 왠지 더 잘해드리고 싶었습니다. 그래도 두 분이 식사하시면서 음식으로나마 작게 위로받으시는 것 같았습니다. 식사를 마치고 나가시면서 "목마르실 때 이거 타서 드세요." 하며 감사하게도 직접 내린 커피 원액을 건네주셨습니다.

그리고 처음으로 나눈 긴 대화

시간이 또 흘러 부천으로 가실 일이 있어 출발 전에 점심을 드시러 찾아오셨습니다. 가는 길이 반대인데도 들러주신 마음이 감사하네요. 이번에는 파스타를 드시면서 와인을 한 잔 주문하십니다. 그래서 비교해서 드셔보시라고 다른 와인도 서비스로 올려드렸습니다. 매번 신경 써주시고 좋은 커피도 받았기에 제가 드리는 작은 선물이었습니다.

문득 "사장님은 안 힘드세요?"라고 물어보십니다. "힘들죠…. 근데 저만 힘든 게 아니니까요. 불만 불평을 못 하겠네요"라고 답했습니다. 주변에 파스타 가게가 많이 생겼는데 경쟁업체 때문에 불안하지 않으냐고도 물으십니다. "그건 음…, 어쩔 수 없는 것 같아요. 그냥 경쟁업체에 신경 쓰지 않습니다. 되레 제가 어떻게 해나갈 것인가를 고민합니다"라고 말씀드렸습니다. 그러자 "오늘은 제가 하나 배워갑니다"라고 답해주셨습니다. 그 후로도 이런저런 이야기를 나눴습니다. 대화를 나누는 동안 힘든 시기에 고단했던 마음이 조금은 사라지는 기분이었습니다.

남기는 글

저는 항상 배웁니다.
손님에게도, 다른 음식점에서도, 일상에서도요.
사장님과 대화를 나눌 때도 오히려 제가 더 많이 배웠습니다.
긴 세월 자영업이라는 세상에서 오롯이 잘 운영해가는 것을요.
세월만 길게 보냈다면 그 가치를 배우지 못했겠지만,
세월과 함께 노력으로 그 가치를 만들어 가셨으니까요.
앞으로 하시는 일에도 계속 빛이 나길 응원합니다.

첫 방문 때 두 손에 쥐여 준 선물

런치 타임이 거의 끝나갈 무렵, 단골손님과 함께 처음 보는 손님이 들어오십니다. "셰프님~! 조금 있으면 브레이크 타임이죠?"라고 물어보는 단골손님. 그렇다고 답하며 미안한 표정을 지었더니 "아니에요~! 저희 카페에서 놀다가 있다가 디너 타임에 올게요. 그런데 잠깐 친구가 드릴 게 있다네요!"라고 하십니다.

그러더니 옆에 있던 숙녀분이 수줍어하면서 두 손을 저에게 내밉니다. "이거 드시면서 하세요." 우리 손님이 수줍게 내민 선물은 다름 아닌 '마카롱'이었습니다. 주시면서 수줍어 하니까 저도 덩달아 수줍어집니다. "저는 드릴 게 없는데요"라고 했더니 아니라며 고개를 저으시고는 조금 있다 오겠다고 하십니다.

처음엔 친구 따라 다음엔 친구를 데리고

〰️

이제는 사람을 봐도 나이가 잘 가늠되지 않습니다. 그래도 젊음의 풋풋함은 알 수 있습니다. 나중에 나이를 말씀해주시는데 역시나 스무 살이었습니다. 그 젊음이 너무 좋아보였지만, 한편으로는 대학 생활도, 바깥 구경도 그리고 여행마저 '통제'되는 현실이 안타까웠습니다. 그날 이후 단골손님과 둘이 와서 조용히 시간을 보내기도 하고, 다른 친구를 데리고 와서 밀라노기사식당을 소개해주기도 하십니다.

우리 손님이 좋아하는 파스타는 '포모도로'입니다. 어쩌면 손님과 닮아 있는 것 같습니다. 싱그럽고 톡톡 튀는 빨간 토마토처럼 친구와의 대화는 왈가닥 같지만, 부끄러움이 많은 숙녀의 느낌처럼 말입니다.

남기는 글

힘든 시간에 찾아준 발걸음은 정말 힘이 많이 되었습니다.
그 고마운 발걸음에 제가 드린 건 겨우 음료 한 잔 정도였지만요.
응원합니다. 지금보다 더 나은 삶을 사는 사람이 되기를요.
젊을 때는 많은 경험을 하셨으면 좋겠습니다.
다만, 자기 몸과 마음을 망가뜨리는 경험은 제외하고요.
코로나 이후로는 노동의 가치가 더욱더 하락한 시대를
맞이하고 있지만, '노동'의 가치를 알고, '사람'의 중요함도 알고
그 안에서 매일매일 성장하는 분이 되셨으면 좋겠습니다.

우연히 잡지를 보고 찾아온 가족

처음 한 번일 줄 알았습니다

첫 방문은 주말 점심이었던 것 같습니다. 그때는 우리 손님 가족 세 분밖에 없었지요. 우연히 잡지에서 보고 오셨다고 말씀하십니다. 가장 먼저 든 생각은 '우리 가게가 잡지에?'였습니다. 손님들이 가시고 나서 찾아보니 놀랍게도 「노블레스」와 「에스콰이어」에서 밀라노기사 식당의 이름을 찾을 수 있었습니다. 신기했습니다. 제 가게가 어딘가에 소개되었다는 사실이요. 알려주신 손님도 한 번쯤 호기심으로 식사를 하러 오셨구나 생각했습니다.

어머니의 생신도 동생과 친구의 모임도

이 가족의 어린 숙녀는 포모도로 파스타를 좋아합니다. 어린 손님들의 입맛은 까다롭기보다는 정직합니다. 그래서 더 긴장되기도 합니다. 어머니는 "입맛이 까다로운 편인데 여긴 너무 잘 맞아요"라고 말씀해주십니다. 아버님은 오실 때마다 와인을 꼭 한 병씩 사 가십니다. 운전을 해야 하니 드시지는 못하고 꾹 참다가 계산할 때 따로 사 가십니다. 볼 때마다 단란해 보이는 가족이라 좋습니다. 어떻게 보면 번거로운 길을 오시면서도 "어휴~! 얼마나 가까운데요. 차로 금방이에요"라고 하시며 주변 사람 그리고 가족에게까지 소개해주십니다.

  같이 온 분들이 "맛있다!"라고 하면 저보다 더 좋아하십니다. 아마도 단골손님들은 저와 밀라노기사식당을 같이 키우는 마음이 아닐까 합니다. 그래서 그 발걸음이 더 감사하게 느껴지는지도 모릅니다. 우리 손님이 어머님 생신에 모시고 왔을 때도 기억이 납니다. 어머님이 저를 보면서 "너무 즐겁고 맛이 있네요~!"라는 말씀을 해주실 때의 그 표정이 잊히질 않습니다.

남기는 글

먼저, 우리 손님 가족에게
감사하다는 말씀을 드리고 싶습니다.
그냥 그 말이 제일 먼저 떠오릅니다. 왜인지는 모르겠지만요.
힘든 시기지만 우리 손님 덕분에 많은 힘을 받았습니다.
7월에 예약이 취소되었던 그날 아침.
"셰프님~! 혹시 자리 있어요?"하시면서
자리를 채워주셨던 마음.
"한동안 바빠서 이제야 시간 내서 와요"라고 하시지만,
저한테는 '용기 잃지 마세요!'라는 응원처럼 들렸습니다.
제가 밀라노기사식당을 계속해서 성장시키고 싶은 건
무엇보다 우리 손님들이 '지켜준 공간'이기 때문입니다.
대단한 사람 한 명이 키운 공간이 아닙니다.
그저 손님들이 한번 왔다가 지인이나 가족을 데리고 오고,
그렇게 옆으로 전달해서 키워가는 작은 레스토랑입니다.
한 명의 힘은 크지 않지만, 그 힘을 조금씩 보태서
키워주시는 모습에 감사하다는 말이 절로 나옵니다.
진심으로 감사합니다.

〈귀를 기울이면〉이 생각나는 커플

어느 비 오는 날 저녁, 청재킷 입은 커플이 들어왔습니다. 한눈에 봐도 풋풋한 느낌입니다. 이날의 BGM은 '지브리 스튜디오'였습니다. 손님들이 노래가 마음에 드셨나 봅니다. 왠지는 모르겠지만 〈귀를 기울이면〉이라는 애니메이션의 주인공이 생각나는 커플이었습니다.

미술 관련 일을 하는 커플

다음에 또 방문해주셨을 때, 손님들이 오셨던 것을 기억하니 놀라기도 하고 좋아하시기도 합니다. 그렇게 서로 말문이 트여 대화를 하게 되었습니다. 그러다 미술 관련업에 종사하시는 것을 알았습니다. 재미있게도 밀라노기사식당은 예술을 하는 분들이 많이 다녀가십니다. 어떤 손님은 이 공간에 오면 '영감'이 떠오른다고 좋아하십니다. 손님이 좋다면 저도 좋습니다. 아이디어든 기분전환이든 상관 없어요.

〈귀를 기울이면〉이 떠오르는 이 커플은 역시나 우연히 지나가다 밀라노기사식당을 발견하셨다고 합니다. 그래서 마음먹고 왔다가 음식이 기억에 남아 계속 오시게 되었다고 하네요. 그리고 이제는 올 때 꼭 하나씩 선물을 가지고 오십니다. "빈손으로 오셔도 돼요!"라고 말해도 너무나도 해맑게 웃으시며 제 손에 선물을 쥐어주십니다.

남기는 글

손님의 방문은 늘 반갑습니다.

음식을 사 먹지 않고 그저 지나가다 마주쳐도

"사장님~! 좋은 아침이에요!" 하는 인사에 반갑고,

재료가 다 떨어져도 커피 한 잔 같이 하는 게 좋습니다.

마치 우리 단골들이 저에게 뭐라도 주려고 생각하는

그 마음과 같다고 할까요? 언제든지 괜찮습니다.

재료가 소진되었다고 써 있더라도 문을 벌컥! 열고 들어오세요.

그럼 따뜻한 차 한 잔이 기다리고 있을 겁니다.

제가 정말 아끼면서 읽던 책입니다

위풍당당!!

우리 단골손님 중에는 글을 쓰는 분도 계십니다. 처음엔 자녀분과 우연히 지나다 들렀는데, 마음에 드셨는지 파스타를 좋아하지 않으심에도 맛있다며 종종 오십니다. 그리고 오실 때마다 기분 좋게 와인 한 병을 곁들이십니다. 우리 선생님은 언제든 '위풍당당'을 외치십니다. 그런데 말씀하시는 걸 들어보면 귀여우신 면도 많습니다.

평소에는 자녀분과 함께 오시지만 가끔은 혼자 와서 식사하시기도 합니다. "셰프님~! 저 혼자인데 식사 가능한가요?"라고 물어보시는 건 혼자서 4인 테이블을 사용하면 매출에 영향을 줄까 염려하시는 마음인 듯합니다. 하지만 저에게는 4인이든 8인이든 혼자든 다 중요한 '사람'입니다. '매출'이 아니고요. 돈이야 어떨 때는 적게 벌리기도 하고 어떨 때는 많이 벌리기도 하지만, 사람은 잃으면 다시 얻기 힘듭니다. 그래서 "언제든 혼자 오셔도 가능합니다. 전혀 염려하지마세요"라고 말씀드렸습니다.

"제가 글쓰기 배울 때, 정말 아끼면서 읽던 책입니다."

~~

제가 요즘 글을 쓴다고 하니 다음에 오시면서 책을 한 권 가지고 오셨습니다. 제 두 손에 쥐여주면서 "셰프님, 제가 공부하면서 읽던 책이라 좀 지저분하긴 한데, 정말 아끼면서 읽던 책입니다. 혹시 괜찮으시면 한 번 읽어보세요. 글 쓰는 데 도움이 되실 거예요"라고 하십니다. 한 세 번 정도 읽고 또 읽었습니다. 글 내용도 읽기 쉬웠지만, 그보다는 선생님이 밑줄을 긋고 자기 생각을 메모한 부분이 많은 도움이 됐습니다. '정말, 진심으로 좋아하는 책이구나!'라는 생각이 들었습니다. 그래서 다음에 오셨을 때 "정말 잘 읽었습니다!" 하고 돌려드렸습니다. 저에게 주신 건데도 돌려드린 이유는 책에 표시되어 있는 공부의 흔적이 너무도 소중해보였기 때문입니다.

남기는 글

선생님은 혼자 오셔서 식사하시는 경우가 많습니다.

그럴 때마다 늘 조심스럽게 물어보시죠.

"가도 괜찮을까요?"라고 말입니다.

저에게는 몇 명이든 다 같은 소중한 '사람'입니다.

무리해서 드시지 않으셔도 좋습니다.

혼자 오시면 괜히 미안해서 뭐라도 더 사려고 하십니다.

그럴 때는 제가 먼저 "다 드실 수 있으세요?"라고 묻습니다.

저는 우리 손님이 파스타 한 그릇만 시켜도 족합니다.

그저 그 음식을 맛있게 드시고

기분 좋은 시간을 보내셨으면 좋겠습니다.

저는 우리 손님들이 남겨 놓은 '빈 그릇'을 볼 때 가장 행복하거든요.

가끔 음식을 남기는 손님이 있습니다.

그러면 반드시 확인합니다. 제가 잡은 기준점에서 벗어난 건지

아니면 손님의 입맛에 맞지 않은 건지 확인해야 하니까요.

적어도 그것이 우리 손님에게 음식을 대접하는

기본적인 자세 중 하나라고 생각합니다.

시장조사 차원의 방문

〰

어느 날 우연히 시장조사를 하고 계신 식품 연구원 손님이 레스토랑을 방문하셨습니다. 아직 입사한 지 얼마 안 되었다는 잘생긴 연구원입니다. 음식에 관심이 많고, 호기심도 많습니다. 예의 바르고 말수도 적습니다. 밀라노기사식당의 많은 음식 중에서도 '전주비빔 파스타'가 가장 마음에 든다고 말씀해주십니다.

두 번째 방문에는 여동생과 같이 오셨습니다. 생각해 보면 강남, 송파, 하남, 서초 등 멀리서도 많은 손님이 오십니다. 오시는 걸 보면 그저 신기합니다. 차를 끌고 오더라도 적어도 30분을 운전해서 와야 하니까요. 그럼에도 여동생을 데리고 오고, 여자친구도 데리고 옵니다. 그렇게 데려온 사람들이 음식을 먹어보고 좋아하면 덩달아 좋아합니다.

하루에 두 번

〰

한 번은 재미있는 일이 있었습니다. 주말 아침에 오픈하자마자 우리 손님이 들어오십니다. "아침에 눈을 떴는데 전주비빔 파스타가 너무 먹고 싶었어요. 그래서 얼른 서둘러왔습니다." 점심때 홀에 사람이 가득한 걸 보더니 "셰프님, 이제는 손님이 많아서 좋네요~!"

라는 말씀도 잊지 않으십니다. 그리고 계산할 때 "지난번에 같이 왔던 여동생이 아마 저녁에 올 거예요"라는 말씀을 남기고 가셨습니다. 저녁이 되자 여동생분이 "셰프님~! 저 가고 있어요~"라고 연락을 주셨고, "먼 길 오시느라 고생 많으십니다. 조심히 오세요"라고 답하고 자리를 마련했습니다.

그런데 여동생과 남자친구분 뒤로 아침에 다녀가신 단골손님이 들어오시는 게 보였습니다. "어?" 하며 깜짝 놀라는 저의 반응을 보고, 여동생이 "아…, 제가 그냥 끌고 왔어요"라고 하셨습니다. "하루에 두 끼 가능하세요?" 그랬더니 단골손님은 "세 끼도 가능합니다"라고 너스레를 떱니다. 모두 웃음이 빵 터졌습니다.

남기는 글

'인연'이라는 건 엄청 조심스럽고 신중하기도 하지만
한편으로는 또 별거 없는 것 같습니다.
그저 '사람'이 옆에 다가올 수 있게 마음 한켠을 내줄 수 있다면요.
매번 그 먼 길을 찾아주셔서 감사합니다.
그리고 매번 기억해주셔서 감사합니다.

'진심은 통한다'는 말을 깨달은 순간

점차 늘어나는 발걸음

2월부터 조금씩 손님들의 발걸음이 늘기 시작했지만, 코로나라는 환경에서 레스토랑을 운영하기는 쉽지 않았습니다. 그래서 부러 마음을 조금 내려놓았습니다. 그러던 어느 날, 이 작은 골목에 옹기종기 사람들이 모여드는 게 창밖으로 보였습니다. '저 사람들은 어딜 가는 걸까?' 하고 생각하는데 놀랍게도 우리 레스토랑으로 들어오셨습니다. 한 커플, 두 커플 그리고 가족이 단체로 말입니다.

줄을 서는 손님들

여기는 직장이 많은 곳도 번화가도 아닌 서울의 소박한 작은 동네입니다. 그래서 평일 점심은 좀 한가롭기까지 합니다. 그래도 저는 좋았습니다. 꾸준히 오는 손님들의 발걸음이 좋았습니다. 그런데 '불광천'에 꽃 피는 봄이 오니 갑자기 손님이 몰려들었습니다. 처음에는 '그저 우연'이라고 치부하고 넘어갔습니다. 그런데 다음날도 그다음 날도 꾸준히 손님이 줄을 이었습니다. 4월에 확진자가 늘어난다고 대대적으로 뉴스에서 나오기 전까지 말입니다. 그다음부터는 매일매일 줄을 서지는 않았지만 확실히 전과는 다른 분위기였습니다.

펑펑 울었습니다. 쌓여있는 설거지를 하면서

'어안이 벙벙하다'라는 표현을 이럴 때 쓰는 걸까요? 꿈같았습니다. 싱크대에 쌓인 설거지를 정리하는 데만 3시간이 걸렸습니다. 갑자기 눈물이 주르륵 흘렀습니다. 마치 그동안 열심히 준비해온 저에게 우리 손님들이 '그래, 고생 많았지? 우리가 알아'라고 말해주는 것 같았습니다. 창피하지만 정말 펑펑 울었습니다. 아내한테도 말하기 쉽지 않았던 '힘들다'라는 그 말 대신에 우리 손님들이 보여준 발걸음에 감사해 펑펑 울었습니다.

'진심은 통한다'라는 말. 세상을 살면서 알고는 있지만 쉽사리 다가오지 않는 말이었습니다. 우리가 배운 '상식'보다 '관례'라는 말이 통용되는 세상에서 제가 옳다고 믿었던 건 힘없는 이상이었으니까요. 그런데 다시금 깨닫게 해줍니다. 아직 세상에 '진심은 통한다'고 말입니다.

'최고'는 아닐지라도 '최선'을 다하는 사람

'파스타'를 먹으러 다닙니다

저는 아침에 출근하면 가장 먼저 면 1개를 테스팅합니다. '식감'을 체크하려고 스스로 만든 일과입니다. 그리고 쉬는 날이면 매번은 아니지만 적어도 한 달에 두 번, 최소한 한 번은 '파스타 전문점'을 돌아다녀 봅니다. 그렇게 먹으러 다니면서 조금씩 더 배웁니다. 디자인과 분위기 그리고 세팅 등 많은 것을 기록합니다. '이 사람들은 이렇게 준비했구나!' '이렇게도 음식이 조합이 되는구나!' 하면서 말입니다.

'최고'가 되겠다는 생각은 할 수 없었습니다. 이렇게 수많은 별이 빛을 내고 있는데 최고라는 수식은 어려울 것 같습니다. 그보다는 언제나 '최선'을 다하는 사람으로 남으려고 합니다.

내 머리는 안 믿는다. 다만, 내 노력과 성실함은 믿는다

스무 살에 재수를 했지만 원하던 곳에 들어가지 못했습니다. 그리고 전문대 호텔조리과에서 대학생활을 시작했습니다. '왜 나만…'이라는 불행한 생각도 할 법합니다. 아니, 정확히는 했습니다만 내가 나를 스스로 우울하게 만들고 싶지 않았습니다. 그때 결심했던 마음이 있습니다. '머리'만 믿고 요행을 바라는 저를 버리겠다. 그리고 내가 흘린 땀에 대한 '노력'과 언제나 한결같은 '성실함'으로 살아가겠다고 말입니다.

어쩌면 무식해 보일 수 있지만 그렇게 우직하게 17년을 걸어왔습니다. 그래서 때로는 노력한 것보다 안 좋을 때도 있고, 노력한 만큼만 나올 때도 있고, 노력한 것보다 더 잘되는 때도 있었습니다. 안 될 때는 무너지지 않기 위해서, 유지할 때는 유지하기 위해서, 잘될 때는 효율성을 높이기 위해서입니다.

그렇게 언제나 '최선'을 다하는 사람으로 살아가려 하고 있습니다.

내가 나고 자란 곳, 은평구

〰️

저는 은평구에서 쭉 나고 자랐습니다. 어디 가서 명함 내밀기 좋게 강남, 마포, 종로 이런 곳에 태어났더라면 좋겠다는 생각도 했습니다. 그런데 지금은 그저 이 동네가 좋습니다. 제 어린 시절이 담겨있는 곳이라 그런지 사람 냄새도 진하게 나고 말입니다. '우리 레스토랑이 은평구 맛집이었으면 좋겠다'라는 생각도 했습니다. 신출내기 셰프의 과한 욕심이라는 것을 알지만, 그저 속으로라도 욕심 한 번 부려봤습니다.

결혼 후 첫 보금자리, 증산동

〰️

하지만 금액적으로 맞아떨어지는 장소를 찾기가 힘들었습니다. 조금 무리해서 들어가도 좋겠다 싶었던 곳은 건물주가 농간을 부렸습니다. 정말 떠올리기도 싫을 정도로 장난질을 해서 지쳤습니다. 증산동은 처음에는 알아보지 않았습니다. 재개발 때문에 시끄러워서 상권 자체가 침체되고 죽어있었기 때문입니다. 그리고 젊은 사람보다 노인 인구 비율이 높았습니다. 그런 곳에서 '파스타' 전문점이 될 거라는 생각은 하지 않았습니다. 그저 장소 찾기에 지쳐서 포기하고 싶을 때 지금 장소가 눈에 들어왔습니다. 아내가 "한번 물어볼까?" 하는

데 설마 나왔을까 반신반의하며 문의했더니 마침 임대로 나온 상태였습니다. 아내와 결혼해서 처음 살던 곳에서 내 사업을 시작하는 것도 괜찮겠다 싶었습니다. "그래, 여기서 한 번 해보자. 쉽지는 않겠지만…"

'은평구 증산서길 115.' 밀라노기사식당 주소입니다. 그동안 이곳을 거쳐간 분들은 다들 이 공간을 너무 함부로 대한 것 같습니다. 공간의 기운이 아주 쇠약하고 죽어있었습니다. 그래서 정리를 시작했습니다. 그리고 따뜻하게 다독이기 시작했습니다. 처음에는 차갑고 이질감이 생기던 공간이 이제는 따뜻하게 빛을 발합니다. 앞으로도 계속 조금씩 다듬어 가려고 합니다.

영원히 여기에 머물 수는 없겠지만…

'3080 공공재개발'이라는 이슈가 있어서 이곳에 얼마나 더 머무를 수 있을지 잘 모르겠습니다. 그렇더라도 이곳에서 할 수 있는 만큼은 최선을 다해보려 합니다. 어쩌면 남아있고 싶어도 옮겨야 할 경우도 있겠지만, 지금 여기 머무는 동안에는 최선을 다해보려 합니다. 우리 손님들과 함께….

혼자서 기다린다는 것

레스토랑을 하면서 제일 힘들었던 건 아무래도 기다림인 것 같습니다. 같이 일하는 사람이라도 있었다면 서로 다독이면서 힘이 났을 텐데, 그럴 여력이 없어 혼자 버텨야 했으니까요. 손님이 안 올 거라는 걸 알면서도 매일 아침 6시에 일어나 몸을 움직입니다. 시장에 가서 장을 보고 가게로 돌아와 재료를 손질합니다. '오늘은 얼마나 준비해야 할까?'를 늘 고민했습니다. 손님이 북적북적하면 선순환돼서 재료가 신선하게 유지됩니다. 반대로 손님이 없을 때는 잘 가늠해서 준비해야 합니다.

코로나가 무엇인지 가늠이 되지 않아 두렵고 무섭던 시절. 어떻게 헤쳐나가야 할지 고민이 참 많았습니다. 경험이라도 많았다면 이런저런 상황에 대입했을 텐데, 처음 시작한 사업이 '코로나 시기'였으니까요. 많이 생각했습니다. 그렇게 스스로 정리한 5가지 다짐이 있습니다.

1 재료는 최소한만 준비한다
몸이 피곤하더라도 조금씩 그날그날 판매가 될 양만큼만 준비해서 신선도를 유지하자. 재료가 신선하지 않아 맛이 변한다면 오던 손님도 안 올 것이다.

2 구석구석 청소하자

완벽하지는 못하지만 쓸데없는 생각이 들지 않도록 몸을 움직이자. 몸을 움직이면서 내가 운영하는 공간을 한 번씩 더 점검하자.

3 책을 읽자

고민이 될 때는 책을 통해서 해결책을 찾아보자. 그리고 기록하자.

4 생각을 전환하자

부정적인 생각이 머릿속을 지배할 때 얼른 긍정적인 생각으로 방향을 전환해서 좋은 기분이 유지되도록 하자.

5 메뉴 개발을 끊임없이 하자

시간이 있을 때 메뉴 개발을 계속해서 자료를 축적하자.

이렇게 불행 중에도 조금은 행복을 찾았던 것 같습니다. 저만 힘들었던 시간도 아니고 모두 다 힘든 시기였으니까요. 낙후된 상권, 신출내기, 코로나라는 환경 그리고 결정적으로 돈이 없어 쉽지 않았습니다. 초라하기도 했습니다. 제일 미안한 건 아내였습니다. 아내의 동의를 얻고 사업계획서부터 정말 열심히 준비했는데, 상황이 여의찮아서 그게 너무 미안했습니다.

더 미안했던 건 아무 말 안 하고 집에 들어가면 아내가 안아주며 "고생했어"라고 말해줄 때였습니다. 잘 걸어가고 있다고 생각했는데 환경에 의해서 '내가 잘하고 있는 걸까?'라는 의문이 생기고 흔들렸습니다. 그때 아내의 '고생했어'라는 따뜻한 말 한마디는 속으로 눈물을 삼키면서 다시 버티는 힘이 되었습니다.

그렇게 기다림은 매일 아침 계속되었습니다. 혼자서 기다리는 것도 힘든데 날씨도 도와주지 않아 더 힘들었던 것 같습니다. 주변에서 "다들 배달이나 포장하는데 한 번 해보시는 게 어때요?"라고 권합니다. 흔들렸습니다. 먹고 사는 게 먼저니까요. 나도 그렇게 해야 하나 고민도 많이 했습니다. '밀키트'도 해야 한다는 이야기가 많이 나와서 이 또한 흔들렸습니다.

그런데 스스로 점검했습니다. '내가 현재 그렇게 할 수 있는 수준이 되나?'라고 제 자신의 분수를 먼저 파악했습니다. 그렇게 며칠을 고민했을 때 '나는 역시 그 정도는 안 되겠다'라는 생각이 들었습니다. 그리고 또 '내가 홀만 운영한다고 할 때 손님들이 드시러 올까? 만약 내 음식이 생각나서 오신다면 어떤 상황에서도 가능성은 있다!'라고 생각했습니다.

손님이 점차 늘어났습니다. 당연히 홍보를 안 했으니 속도는 더뎠습니다. 그리고 조금만 확진자가 증가하면 거리두기가 강화되어 바로 충격을 받았습니다. 이제 갓 시작한 매장들은 대부분 휘청휘청했습니다. 단골은 없고, 아직 사람들이 인지조차 제대로 안 했거든요. 그래서 코로나에도 문전성시를 이루는 가게들을 보면 부러웠습니다. 저도 사람인데 당연히 부럽죠. 그런데 그냥 부러워만 했습니다. 그건 제 노력이 아니니까요. 저는 그저 제가 할 수 있는 범위에서 최선을 다하는 방법만 고민했습니다.

　그건 바로 '오시는 손님에게 집중하는 것'이었습니다. 그렇게 한 분 다시 한 분을 모셨습니다. 그런 저의 마음이 전달된 걸까요? 그 손님이 다른 손님 그리고 또 다른 손님을 데리고 오시기 시작했습니다. 말씀은 안 하시지만 마음으로 전달되었습니다. '용기 잃지 마세요. 조금만 더 버티세요.' 그 힘으로 제가 걸어올 수 있었던 것 같습니다.

자기 경계

앞에서도 말했듯이 저는 저의 노력은 믿지만, 머리는 믿지 않습니다. 이런 생각을 시작하게 된 것은 스무 살 때였습니다. 지금 학생들은 어떤지 저는 모릅니다. 제가 학생 때는 '벼락치기'를 해도 어느 정도 성적이 나왔습니다. 그래서 대학도 그렇게 쉽게 갈 줄 알았습니다. 그런데 아니더군요. 대입에 실패하고 재수할 때 하루에 네 시간을 자면서 공부했습니다. 그런데 음…, 성공했을까요? 결과는 실패였습니다. 왜 실패했을까? 곰곰이 생각해봤습니다.

첫 번째는 공부하는 방법을 몰랐기 때문입니다. 재수 때는 공부는 열심히 했지만 목표가 없었습니다. 좋은 대학이 좋다는 건 알지만 왜 가야 하는지 몰랐습니다. 어른들이 말하는 대로 '남들보다 잘 살기 위해'라는 이유로 대학을 가야 하는 것인가? 다른 사람 위에 서기 위해서? 그래서 목표가 없었나 봅니다.

성적에 맞춰서 전문대 호텔조리과에 입학하게 되었습니다. 그때 좌절했을 수도 있지만 제가 생각했던 건 '앞으로는 내 노력만 믿는다. 성실하게!'였습니다. 그렇게 요리라는 것을 처음 배우며 새벽부터 저녁까지 노력했습니다. 특성화 고등학교에서 온 친구들이 많아서 요리 쪽은 특화가 되었지요. 요리하다 보니 '나중에 내 레스토랑을 해보고 싶다'는 생각을 했습니다. 그런데 그때는 일을 벌이기에는 자신이 없었습니다. 호기로 시작하기에는 준비가 안 되어 있었습니다. 저는 저를 과신하지 않습니다. 스스로를 많이 경계합니다. 지식도 경험도 부족하다는 것을 알기에 진학해서 대학원까지 마치고, 식품연구소에서 다년간 일했습니다.

그럼 밀라노기사식당은 준비가 되어서 시작했을까요? 답은 아닙니다. 준비는 되지 않았습니다. 다만, 30대 중반이 되니 '더 늦으면 시작하지 못하겠다'는 생각이 들었습니다. 20대의 저는 호기로 시작하기에 용기가 부족했지만, 더 늦어서 40대가 되면 되레 경험이 독이 되어 시작조차 못할 것 같았습니다.

어느 날 집에 돌아와 아내에게 이야기했습니다. 일을 저지르고 말하는 건 통보이기에 상의가 필요했습니다. 고맙게도 아내가 "한 번 준비해볼래요? 정 안 되더라도 뭐라도 하면 입에 풀칠은 하겠죠"라고 말해줬습니다. 고맙기도 하지만 솔직히 "그냥 회사 다녀!"라는 말보다 더 무섭더군요.

가장 먼저 '사업계획서'를 작성했습니다. 무엇을 하고 싶은지 그리고 무엇을 조사해야 하는지 생각나는 대로 적어봤습니다. 그렇게 항목을 추가하면서 계속해서 수정해갔습니다. 수정을 거듭하다 보니 나의 생각이 다듬어지기 시작했습니다. 그렇게 몇십 번의 수정을 거친 후 주변 선후배들을 찾아갔습니다. 그들의 시간이 귀하다는 것을 알기에 조심스러웠습니다. 그러나 다들 고맙게도 흔쾌히 시간을 내줬습니다. "칭찬들으러 온 자리가 아니니까 브리핑하고 나면 소비자로서 지적해주세요"라고 부탁했습니다. 누군가에게 싫은 소리를 하는 것 또한 용기가 필요한 일입니다. 그럼에도 상처받지 않게 다들 잘 조언해줍니다. 매일 한명씩 만나고 또 수정해서 만나면서 다듬어 갔습니다.

그렇게 그림이 완성되고 나서는 하루에 3만 보씩 걸으면서 장소를 찾았습니다. 발에 물집이 잡힐 정도였죠. 그리고 하루에도 몇 군데씩 맛집을 찾아다니면서 기록하고 기록했습니다. 새벽에는 제품을 개발했습니다. 그렇게 1년 정도는 하루에 한두 시간 정도밖에 못 잤습니다. 그러다 하루 기절하면 다음 날에 일어나기도 하고요. 주변에서는 "아니 음식점 하나를 뭘 그렇게 어렵게 해? 너같이 하는 거면 안 할래." 또는 "왜 그렇게 힘들게 하세요!? 조금 더 쉽게 하지." 하며 핀잔을 줬습니다. 다른 분들이 나를 그렇게 보시는구나 싶어서 힘들었습니다. 그런데 그런 말을 듣는 순간 반대로 '가능성은 있겠다!'라는 생각이 들었습니다. 남들이 쉽게 따라하지 못한다는 건, 다르게 생각하면 '가능성'이 있다는 뜻이니까요.

좋은 장소는 남들이 보기도 좋으니 권리금도 많고, 월세도 비쌌습니다. 돈도 없고 경험도 부족하니 스스로 정해야 할 범주가 필요했습니다.

1 의미가 있는 곳
2 예산 범위 안에서
3 혼자서 감당되는 정도

그래서 제가 태어나고 자란 '은평구' 그리고 아내와 신혼 생활을 시작한 '증산동'에서 시작하기로 했습니다. 동네는 재개발 이슈로 사람들의 관심에서 멀어져 있어서 솔직히 척박한 환경이었습니다. 그래도 한계가 있는 예산은 다른 곳을 허락하지 않았습니다. 그나마 시작할 수 있는 공간이 있다는 것만으로도 감사해야 했습니다.

그렇게 장소를 정하고 인테리어에 들어갔습니다. 새벽 6시에 얼음물과 간식거리, 커피를 챙겨서 현장으로 갔습니다. 작업하시는 분들이 일을 시작할 수 있도록 말입니다. 그분들도 처음에는 감시를 한다는 생각에 경계를 하시다가 매일매일 그렇게 현장에서 대기하고 있으니 어느 날은 반장님이 먼저 이렇게 말씀하셨습니다. "젊은 사장이라 처음 몇 번만 오다 말겠거니 했는데 꾸준하시네요." "고생하시는 데 와서 허드렛일이라도 하면서 도와야죠." "돈 주는데요?" "그건 일하시는 데 대한 지급이고요. 그래도 제가 일할 공간을 꾸며주시는데 돈만 딱 주고 사람들의 노력을 모르면 안 되잖아요. 당연한 일이지만 그래도 그냥 간과해서는 안 되죠."

이때부터였던 것 같습니다. 모든 분이 조금이라도 더 신경을 써주시는 게 느껴졌죠. "저희 하루 인건비 안 받고 마무리 해줄게요. 사장! 잘해내야 해요~. 여긴 잘될 거 같아!"라고 덕담도 아끼지 않으셨습니다. 이렇게 인테리어를 마치고 가오픈 기간을 가졌습니다. 지인 300명을 초청해서 최종 평가에 들어갔습니다. 일반인도 있었지만 셰프나 식품연구원, 바리스타, 소믈리에 등 조금은 맛에 '민감'한 분들을 모셨습니다. 가오픈 때는 손님을 받지 않았습니다. 최종적으로 보완하기 위해서였습니다.

간혹 주변에서 "돈이 많나 봐?"라는 말씀을 하십니다. 아니요. 돈 없습니다. 경험도 부족합니다. 그렇다고 해서 준비도 안 된 걸 팔 수는 없었습니다. 그러다가 손님이 실망하면 다시는 모실 수 없게 됩니다. 그렇게 2주간의 평가 기간을 마치고, 2020년 8월 5일에 드디어 오픈을 했습니다. 홍보할 돈이 없었고, 괜히 처음인데 소화도 못 하면서 홍보하면 탈이 날 거 같아서 일부러 안 했습니다.

　8.15 코로나 유행을 시작으로 거리두기와 단계 격상, 결국엔 방역패스까지 혼자 운영하는 입장에서는 너무 힘들었습니다. 그런데 힘들다고 말도 못했습니다. 저만 힘든 시기가 아니었으니까요. 모두가 처음 겪고 경험 없고 어려웠던 시기니까요. 그래서 혼자 빈 공간을 지키며 스트레스받고 새벽에 구토를 해도 손님들 앞에서는 웃으려고 노력했습니다. 잠시나마 이 공간을 찾아온 사람들이 쉬었다 가셨으면 했습니다.

　그런데 재미있는 건 손님들이 알아서 찾아오신다는 것입니다. 이 아무것도 없는 곳에 말이죠. 오히려 그분들에게 '마음'을 받았습니다. '지치지 마세요. 포기하지 마세요. 응원합니다'라고 직접적으로 말하지 않아도 "셰프님, 갑자기 파스타가 먹고 싶어서 왔어요~." "출장 갔다가 오는 길에 갑자기 생각나서 저희 먹을 것 사면서 사 왔어요!" "우리 아이가 여기밖에 안 와요!" "저희 이사 갔는데, 여기 지나다 생각나서 들렀어요. 건강하시죠!? 또 지나면 얼굴 보러 오겠습니다." 하며 찾아오시는 손님들을 보면 그 마음을 알 수 있습니다.

　어려운 시기에 손님들과 소통하면서 정립된 철학은 '음식, 문화가 있는 공간 그리고 사람에 대한 존중'입니다. 제가 반드시 정답은 아니므로 모두 저처럼 하시라는 말씀은 못 드립니다. 다만 '돈'만 벌고 싶은 건지 아니면 여러분의 가치관을 손님에게 보여주면서 소통하고 싶은 건지를 먼저 생각해야 합니다. 꼭 음식 장사가 아니더라도 한 번쯤은 생각해봐야 할 문제입니다. 힘들지만 틀리지 않다 싶으면 걸어가야 합니다. 누군가 한 사람은 그 길을 보고 있으니까요. 그리고 그 한 사람이 다른 사람에게 이야기해줄 겁니다.

"이런 사람이 있다고"

그렇게 길이 없었던 자리에 발자국이 찍히면 뒤를 이어 다른 사람들이 또 발자국을 찍으면서 걸어옵니다. 그럼 그곳은 길이 됩니다. 힘들면 쉬면 됩니다. 그저 분수껏 하면서 나가면 됩니다. 자신의 삶을 준비하되 지금의 삶을 희생하지 않으셨으면 합니다. 다만, 뒤돌아볼 때 후회하지 않고 '오늘만' 사는 사람이 아니라 '오늘도' 사는 사람이 되길 바랍니다.

비대면, 거리두기.

코로나 시기에 서로를 위해서 반드시 필요한 일입니다.

그렇지만 우리는 사람인지라 사람이 '그립습니다.'

서로 오가는 마음이 있기에 지금같이 지치고

힘든 시기를 헤쳐 나갈 수 있는 것 같습니다.

'사람'을 위하는 마음만큼은 거리 두지 않았으면 좋겠습니다.

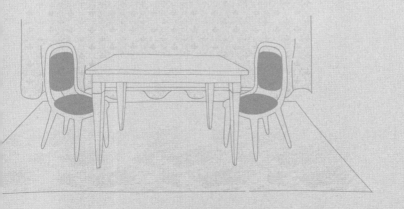

Chapter 3

지치는 여름

01

비 오는 날, 두 꼬마 손님의 외출

비가 쏟아지는 저녁의 전화 한 통화

이제 봄은 지나가고 날씨가 더워지기 시작합니다. 올해는 날씨가 정말 오락가락합니다. 장마 기간이 아닌데도 장마처럼 비가 내리네요. 주말에 비가 내리면 '아, 오늘은 손님이 없겠구나!' 하는 생각이 듭니다. 저 같아도 돌아다니고 싶지 않거든요. 창문 밖으로 내리는 비를 바라보며 커피 한잔하면 기분이 좋습니다. 어차피 억지로 손님을 오게 할 수는 없는 거니까요. 이럴 때는 '숨 돌리면서 가자'라고 생각합니다.

물론 코로나 시기에 이미 숨을 많이 돌리긴 했습니다. 이제는 숨 좀 그만 돌리고 싶어집니다. 비가 와서 조용할 거라는 예상과는 달리 다행히 초저녁부터 만석입니다. 테이블 하나가 비었을 때 전화가 한 통 걸려옵니다. "혹시 자리 있을까요?" 걱정하지 마시고 조심히 오시라고 했습니다.

잠시 후, 아장아장 꼬마 손님 둘이 부모님과 함께 입장합니다. 아이들은 오랜만의 외출이라 비가 오든 말든 신난 것 같습니다. 그리고 부모님은 아이들이 너무 소란스러울까 봐 눈치를 보십니다. 어쩌면 다른 사람들에게 피해를 주기 싫은 '배려'의 마음이라고 생각됩니다. 음식을 올려드리고 "아이들 데리고 식사하시기 힘드시죠? 천천히 잘 드세요"라고 말씀드렸습니다.

그 한마디에 마음이 조금 녹은 것 같습니다. 아이들이 조용하면 오히려 이상합니다. 에너지가 잔뜩 응축되어 있으니까요. 그렇지만 소란스럽게 하는 게 당연하다는 말씀을 드리는 건 아닙니다. 어쩔 수 없는 아이의 소란함을 교육하고 상대방에게 미안함을 내비치는 마음과 그걸 이해해 주시고 살짝 미소로 대답하는 다른 손님들의 '배려'가 고마울 뿐입니다.

남기는 글

빗속을 뚫고 오신 발걸음 감사합니다.
시기가 시기임에도 불구하고 우리는 가족을 만나고,
친구를 만납니다. 사람이기에 사람을 만나야 하는지 모릅니다.
만남은 가지되 몸과 마음은 다들 건강하시길 바랍니다.

02

버리지 못한 꿈. 대구에서 온 플로리스트

'꿈'이라는 한 글자

플로리스트를 하는 친구에게 큰 행사가 있다는 연락을 받았습니다. 몇 년 간은 좀 괜찮을 만하면 코로나로 행사가 취소되어 번번이 힘들어 했습니다. 그렇다고 취소된 행사에 대한 보상을 받을 수 있는 것도 아니다 보니 혼자서 속으로 삭히곤 했습니다. 다행히도 이번 행사는 그대로 진행할 수 있게 되었다고 합니다.

친구에게 연락이 왔습니다. "오늘 친한 후배랑 가려고 하는데 자리 있어?" 그렇다고 하니 바로 오겠다고 합니다. 원래는 홍대입구에서 와인이나 한잔하려고 했는데, 후배가 아는 곳이 없다고 해서 "그럼 친구네 가자!" 하고 그 번거로운 길을 끌고 왔다네요.

비 오는 날. 둘이 즐겁게 와인을 마시며 대화를 나눕니다. 대구로 내려간 후배는 플로리스트라는 '꿈'을 포기하지는 않았습니다. 다만, 그 꿈을 유지하기 위한 현실이라는 높은 벽을 넘기 힘든 것 같습니다. '꿈꾸면 할 수 있다!'라는 말은 살다 보면 그리 쉽지 않습니다. 열심히 노력한다고 해서 그 노력만큼 다 풀리는 것도 아니니까요. 특히, 꽃을 다룬다는 건 정말 쉽지 않은 '업'인 것 같습니다.

　그래서 그걸 어린 나이부터 지금까지 쭉 해온 친구가 이따금 대단해 보입니다. 이렇게 말하면 친구는 "다들 힘든 걸 뭘 대단하다고…" 하면서 부끄러워합니다. 각 분야의 최고도 대단하지만 저는 이렇게 자신의 길을 현실이라는 벽에도 아랑곳하지 않고 가는 사람들 역시 대단하다는 생각이 듭니다. 후배가 포기하지 않는다면 어떻게든 조금이라도 기회를 만들어 주려고 하는 친구와 그 친구의 부름에 대구에서 망설임 없이 올라와주는 후배. "힘든 시기를 잘 성장해왔네! 내 친구."

남기는 글

코로나 시기에 시작해서 '영차영차!'

혼자서 이 악물고 레스토랑을 운영하는 저를 보면서

친구는 "기특하구먼~!"이라고 말합니다. 맞습니다.

업계는 다르지만 자영업을 15년이나 한 까마득한 선배니까요.

그런 선배의 면모는 제가 흔들릴 때 나옵니다.

'중심'을 잘 잡으라고 할때면 정말 선배 같아 보입니다.

'이래서 후배들이 잘 따르는 건가?'라는 생각이 듭니다.

'꿈'을 다 이룰 수 있다고 말하기는 어렵습니다.

독하게 마음먹고 세상을 살아가길 바랍니다.

다만, 독하게 마음먹더라도 표독하거나 악하게 말고,

마음은 의연하고 담대하게 그리고 사람을 바라보면서요.

혹시 대구에서 그 작은 꿈을 향해 계속해서 걸어가고 계신다면

멀리서나마 응원합니다. 혹시 힘드시면 친구 보러 올 때 들르세요.

마음에 위안이 되는 파스타 한 그릇 올려드리겠습니다.

⁝⟨03⟩⁝

장성한 직원의 앞날을 축하하며

커피를 좋아하는 사람들

디너 타임이 되자 예약 시간에 맞춰 한 커플이 입장하십니다. 자리에 앉으시는데 표정이 상기되어 있습니다. '무슨 좋은 일이 있는 건가?'라는 생각이 들었습니다. 잠시 후, 한 여성이 더 들어오시고 두 분이 알아보고는 반가운 표정을 짓습니다. 그 여성도 두 분을 보고 너무 반가워하네요. 마스크를 쓰고 있어서 입가의 미소는 보이지 않았지만 눈이 웃고 있었습니다.

알고 보니 커피를 하는 분들이었습니다. 커플로 오신 분은 부부 사이라고 합니다. 저도 커피를 좋아하다 보니 관심이 생겼습니다. 세 분은 잠시 동안 말없이 서로를 바라만 보고 있었습니다. 왜 아니겠습니까. 코로나 때문에 사람을 만나기 힘들다 보니 그리운 사람을 만나는 시간은 더 소중할 겁니다.

직원의 성장

한 분이 "우리 꼬맹이가 이렇게 장성했구나!"라고 말씀하시네요. 듣고 있으니 스무 살쯤 카페 아르바이트로 들어와서 일을 배운 모양입니다. 학교에 다니면서 몇 년을 일하고 이제는 커피를 자신의 '업'으로 생각하고 길을 만드는 중이라네요. 먼저 걸어간 선배로서 이런저런 조언을 아끼지 않습니다.

그렇게 서로 얼굴만 보고도 좋아하는데, 일에 대한 이야기를 할 때면 에너지가 더 생기는 것 같습니다. 옆에서 보고만 있어도 그 기운이 느껴져서 잠시 저도 기분 좋게 듣고 있었습니다. 어렸던 직원이 성장해서 자신의 길을 가는 걸 보고, 한편으로는 응원을 그리고 다른 한편으로는 격

정을 하는 모습이 보입니다. 쉽지 않은 길이라는 걸 알기에 응원하면서
도 상처받지 말라는 조언이겠죠.

남기는 글

'어린 직원이 장성해서 자신의 길을 걸어가는 걸
옆에서 보는 기분은 어떨까?' 하는 생각이 들었습니다.
잠시 부럽기도 했습니다. 저도 제 자리를 잡아가면서
언젠가는 '사람'을 육성할 수 있겠죠? 그럴 때는 언제든 의논하고
재미있게 길을 같이 만들어가는 후배들을 키워보고 싶습니다.
새로 자신의 길을 걷는 직원분을 응원합니다. 몸 건강하세요~!

저의 학창 시절 멘토

04

한국장학재단 멘토링 프로그램

～～

대학생 시절, 한국장학재단의 멘토링 프로그램에 참여한 적이 있습니다. 자신이 원하는 멘토에게 자기소개서를 작성해서 송부하면 그 인원 중 10명 정도의 인원을 멘토가 선발하는 방식이었습니다. 저는 '마케팅' 쪽이 궁금해서 그 분야의 멘토를 찾아봤습니다. 그리고 자기소개서를 작성해서 보냈습니다. 그렇게 맺은 인연 덕에 많은 경험을 할 수 있었습니다. 다양한 분야의 사람들과 학생 신분으로는 가지 못하는 대기업을 간접으로나마 경험할 수 있었습니다. 제가 '어머니'라고 부르는 멘토님은 정말 열정적으로 우리들을 '자식'처럼 챙겨주셨습니다. 대학을 졸업하고도 잘 지내시는지 안부 연락을 종종 드렸습니다. 자주 뵙지는 못했지만요.

회사에 입사하고, 결혼하고, 이제는 자신의 길을 가겠다고 레스토랑을 오픈할 때도 항상 응원해주시고 자리를 채워주셨습니다. "네가 어머니라고 부르면 우리 둘째 딸이 생각나. 둘째랑 이름이 똑같거든~."

오픈하고 1년이 되어

레스토랑에 오셨을 때도 오픈하고 1년이 다 되어서야 방문한다며 연신 미안해하셨습니다. 저는 전혀 아니라고 말씀드렸습니다. 시간이 되면 와주시는 것이지 꼭 오셔야 하는 건 아니니까요. 식사를 하시면서 "항상 해준 게 없네, 내가." 이러시네요. 그래서 "어머니, 그냥 저한테 많은 세상을 보여주신 걸로 다 해주신 거예요"라고 말씀드렸습니다.

남기는 글

새로운 사업을 시작하신 어머니께.
부디 몸과 마음 건강 모두 챙기면서 가시기 바랍니다.
언제든 보고 싶으면 볼 수 있었는데,
코로나가 그 '언제든'을 '간절함'으로 바꾼 것 같습니다.
오랜만에 얼굴 볼 수 있어서 너무 반가웠습니다. 보고 싶었습니다.

05

손님, 제가 음식 다시 해서 올릴게요

비 오는 날 저녁, 중년 부부의 방문

비 오는 여름. 이제 장마가 시작인가 봅니다. 요즘은 날씨를 종잡을 수 없네요. 저녁 6시쯤에 중년 부부가 들어오십니다. 둘이 마주 보고 앉아서 메뉴를 주문하고 도란도란 이야기를 나누시네요. 서로를 바라보는 눈빛에서 애정이 느껴집니다. 음식을 준비해서 올리는데, 남성분이 갑자기 전화를 받고 나가십니다.

주차한 차를 빼달라는 전화를 받고 나가셨다고 합니다. 금방 오시려나 했는데, 20분이 되도록 오시지 않았습니다. 아내분은 음식을 드시지 않고 기다리십니다. 시장하실 텐데 기다리는 아내분도, 비 오는 데 주차 때문에 애먹을 남편분도 마음에 걸립니다.

그렇게 어렵게 주차하고 들어오셔서는 차갑게 식은 음식을 드시려고 합니다. 그래서 제가 정중히 "손님, 혹시 실례가 안 된다면 다시 해서 올리겠습니다." 하고 말씀드렸습니다. 역시나 손사래를 치며 그냥 먹겠다고 하십니다. 혹여, 부담 가지실까 싶어서 더 조심스럽게 권해드렸습니다. "부담 갖지 마세요. 레스토랑을 찾아오신 손님에게 식은 음식을 드시게 하기 죄송해서 그렇습니다." 그리고는 차갑게 식어버린 음식을 물리고 새로 만들어서 내드렸습니다.

하루의 피로가 뜨끈한 밀탕 파스타를 먹으면서 사르르 녹아내렸다고 하시네요. 남성분께서 "저희가 인스타나 SNS를 안 해서 이걸 올리지는 못하지만, 마음에 간직하고 사람들에게 홍보할게요~"라고 말씀해주십니다. 그 한마디만으로도 감사할 뿐입니다.

며칠 후 다시

며칠이 지난 후, 아이들을 대동하고 레스토랑을 다시 찾아주셨습니다. 이번에는 음식을 이것저것 많이도 주문하십니다. "이거 먹어보고, 너희들이 홍보 좀 해주라. 아빠가 이런 걸 잘 못하잖아!"라고 하시네요. 본인이 못하니 자식들에게 부탁해서라도 가게를 지켜주려는 마음이 참 따뜻했습니다.

남기는 글

찾아온 손님은 늘 따뜻하게 맞이하려 합니다.
자리가 부족해서 돌려보내는 마음은 아쉬움과
미안함을 전해야 하는 일입니다. 저와 제 음식을 알아주고
마음을 써주시는 우리 손님들의 마음을 감사히 받는 것.
돈을 내고 음식을 먹는 식당이라는 사실을 떠나
마음과 마음이 서로 전해지는 공간으로 오래 걸어가겠습니다.
감사합니다.

06

고생은 조금만 하시고 많이 버셔야 해요.
오래 하셔야 해요!

처음엔 단골손님 추천으로

주말 늦은 점심, 가게 앞에 택시 한 대가 멈춥니다. 이제는 익숙한 단골손님과 일행이 들어옵니다. 우리 레스토랑에 처음 오시는 분들은 보통 다른 단골손님을 따라 방문하시는 경우가 많습니다. 지금은 그 손님들이 또 다른 분들을 데리고 오시네요. 오늘 오신 단골손님 역시 지인의 소개로 방문하셨습니다. 이제는 주기적으로 오시는 손님이 되셨지만요. 코로나는 안 좋은 게 정말 많습니다. 그럼에도 건강하게 찾아주시는 단골손님들의 얼굴을 볼 수 있다는 건 또 좋은 일인 것 같습니다.

주문한 음식을 내드리고 잠시 물러났습니다. 그리고 여유가 생겨 손님상을 돌아봤더니 음료가 없었습니다. 그래서 찾아주신 고마움에 '칵테일에이드'를 한 잔씩 드렸습니다. "이건 주문한 게 아닌데요?" "제가 반가워서 드리는 겁니다"라고 하니 고마워하면서도 살짝 속상해하기도 합니다. 식사를 마치고 계산하시면서 "셰프님, 너무 퍼주지 마세요. 최대한 남기셔야죠. 매번 재료 사 오고 소스 만들고 혼자서 그 고생 다 하시면서 퍼주면 뭐가 남아요…. 고생 조금만 하시고 많이 버셔야 해요. 알겠죠? 오래 하셔야 해요!"라는 응원의 말씀을 해주셨습니다.

코로나 시기에도 단 하나 좋은 점은
손님 한 분 한 분을 눈에 담을 수 있다는 것입니다.
'고생은 적게 하고 많이 남기라'는 말에서 저를 걱정하는 마음이
전달됩니다. 그 마음 감사히 받으려고 합니다.
음식을 하는 입장에서는 수고스럽더라도 하나하나 제 손이 가야 하고,
이윤은 먹고 살 정도만 남기면 됩니다. 합리적인 가격 선에서요.
저는 그보다 제 음식을 먹고 행복해하는 손님들의 표정과
시간의 흐름에 같이 자주 얼굴을 보고 갈 수 있음에 감사합니다.
미친 듯이 벌기보다는 천천히 가더라도
오래오래 갈 수 있는 그런 레스토랑이 되고 싶습니다.
손님들의 웃음소리를 귀에 담고, 표정을 눈에 담으면서요.

07

장염을 앓았던 날

이날은 무척이나 힘든 하루였습니다. 전날 먹은 음식이 몸에 안 맞았던 건지 아니면 상했던 건지는 몰라도 장염 증상으로 인해 새벽부터 힘들었습니다. 탈수 증상이 심하니 다리가 천근만근입니다. 이럴 때는 무작정 쉬고 싶다는 생각이 듭니다. 1인 레스토랑의 단점은 몸이 아프면 아무것도 못 한다는 겁니다. 그래서 어찌 되었든 몸의 컨디션을 회복하려고 노력했습니다. 아침에 장을 보고, 병원에 들러 약을 처방받았습니다. 링거 한 병 맞으면 좀 괜찮으려나 했는데 코로나 때문에 안 된다고 하네요.

기력이 빠졌지만 레스토랑에 와서 천천히 준비를 합니다. 제가 장이 예민한 편이다 보니 최대한 속이 편한 음식을 만들려고 노력합니다. 배는 불러도 속이 더부룩하지 않게 말이죠. 주말에 이렇게 탈이 났으니 '오늘은 죽었구나…'라고 생각했습니다. 손님들이 입장하는 시간에 잔뜩 긴장하고 있었습니다. 어찌어찌 런치를 끝내고 잠시 쉬었습니다. 주말과 공휴일에는 브레이크가 없는데, 아시는 분이 많지 않아서 이 시간에 가끔은 쉴 수 있네요.

여행을 다녀온 커플

〰

늦은 저녁에 얼마 전 오셨던 커플이 다시 방문해주셨습니다. 손님의 얼굴이 기억나서 조심스럽게 인사를 드렸더니 반갑게 받아주십니다. 대부분의 손님은 기억하는 걸 좋아하시지만, 좀 부담스럽게 생각하시는 분들도 있습니다. 그렇기에 손님의 반응을 보고 맞춰서 호흡을 합니다. 주문하신 음식을 내드리고, 입맛에 맞으시는지 조심스럽게 표정을 살펴봅니다. 눈과 입의 꼬리가 올라가시는 걸 보니 만족스러우신 것 같습니다.

그때 여성분이 "저, 세프님 이거…" 하시면서 무언가 내미십니다. "저희가 보문산 쪽으로 여행 다녀왔는데, 그때 세프님 생각이 나서 하나 사왔어요. 맛있게 드시면 좋겠어요"라고 말씀하십니다. "원래 오빠가 파스타도 안 좋아하고, 감정표현을 잘 안 하는데 여기 오면 너무 들떠합니다. 항상 기분 전환하고 가요~!" 하시며 건네 주신 선물을 두 손에 꼭 쥐고 물끄러미 바라봤습니다. 간신히 "너무 귀한 마음입니다. 감사합니다"라는 한마디를 해드렸습니다.

남기는 글

가족이나 친구, 지인이 아니고 한 번 왔던 레스토랑의
셰프를 기억해서 선물을 사다주시는 건 쉽지 않은 일입니다.
그 먼 곳에서도 저를 생각해주시는 마음과
수고스럽게 들고 오시는 발걸음이 감사할 따름입니다.
제가 도저히 못 먹겠기에 오랫동안 보고만 있겠다고 했더니
그러다 상한다고 빨리 먹으라고 하십니다.
그래서 그날 저녁, 아내와 도란도란 나누어 먹었습니다.
'사람이 머물다가는 레스토랑'이라는 작은 철학을
저에게 다시 생각할 수 있게끔 해주셔서 감사합니다.
'마음', 따뜻하게 잘 먹었습니다.

08

알리오올리오 소녀와 엄마

수줍음 많은 숙녀와 엄마

이제 초등학교 3학년쯤으로 보이는 어린 숙녀와 엄마가 손을 잡고 나란히 들어옵니다. 낯선 공간에 어색해서 그런지 쭈뼛거리며 입을 굳게 다물고 눈치만 보고 있습니다. 그런 긴장된 마음을 풀어주기 위해 물부터 천천히 내어줍니다. 풀어준다고 다급하게 다가가면 오히려 더 움츠러들 수도 있으니까요. 엄마가 알리오올리오와 포모도로를 시킵니다. 아이가 혼자 먹을 수 있으려나 했는데, 알리오올리오를 혼자서 흡입하네요. 엄마는 "천천히 먹어~"라며 가만히 지켜봅니다. 본인이 드실 것도 아이 앞에 내밀면서요.

그리고 얼마 지나지 않아 다시 방문하셨습니다. "아이가 밀라노기사식당 알리오올리오를 너무 좋아하네요!"라고 하시면서 알리오올리오와 마늘삼겹 파스타를 주문합니다. 이번에도 아이가 먹는 걸 물끄러미 지켜보십니다. 그래서 '밀당볶음 샐러드'를 내드리면서 "어머니도 조금 식사하세요"라고 말씀드렸습니다.

엄마와 딸의 모습에서 예전 저의 모습이 생각났습니다. 어릴 때 가끔 어머니와 명동에 나가면, 지금은 없어진 '미도파 백화점'에서 자주 식사를 했습니다. 어머니가 물건을 산다고 천천히 둘러볼 때 배고프다고 투정 부렸던 기억이 아직도 남아 있습니다. 시대가 바뀌었지만 엄마라는 존재는 변함이 없습니다. 자신에게 쓸 것을 아껴서 아이에게 양보하죠. 우리 손님의 모습에서 제 어머니의 젊은 시절 모습이 보였나 봅니다. 그래서 별 것 아니지만 작은 음식을 하나 올려드렸습니다.

남기는 글

부모님께, 특히 어머니께는 받은 만큼의 효도를 절대 못 합니다.
지금처럼 철이 조금이라도 들었더라면 아마
"나 배부르니 엄마도 먹어"라고 했을 겁니다.
그렇게 철이 들지 않았기에 또 아이인 것이겠지만요.
우리 꼬마 숙녀가 나중에 성장하더라도 엄마가 보듬어준
'사랑' 한 장을 기억했으면 좋겠습니다. 그리고 엄마와 함께했던
밀라노기사식당도 추억해 주셨으면 좋겠네요.

09

우리 동네 오면 여긴 꼭 먹어봐야 해!

예쁜 딸 둘의 부모님

처음엔 주말 오전에 4인 가족이 오셨습니다. 말수가 별로 없고 조용하게 식사하셨던 것으로 기억합니다. 아내분이 외국인이신지 중국어로 대화를 나눕니다. 그래서 그런지 첫째 딸이 더 의젓하게 말하고 엄마를 대변해서 얘기를 잘합니다. 둘째 딸은 너무나 명랑합니다. 보고 있으면 기분이 좋습니다. 그날 이후 주기적으로 가족이 함께 옵니다. 아무래도 딸들이 포모도로 파스타를 좋아해서 오시는구나 생각했습니다.

친구 부부와 함께

어느 날 저녁에 전화 한 통이 옵니다. 4인 예약이었습니다. 미리 테이블을 잡아놓고 기다리고 있었습니다. 문이 열리고 들어온 손님을 보니 두 따님을 둔 바로 그 손님이십니다. 같이 들어오신 분들은 친구 내외였습니다. "멀리 사는 친구가 오랜만에 놀러왔습니다. 집에 보내기 전에 기억에 남는 음식을 먹이고 싶어서요~!"

남편분은 항상 과묵하셨는데, 오늘은 왠지 들떠있습니다. 그리고 친구 내외를 향해 "우리 동네 오면 여긴 꼭 먹어야 해. 안 그러면 반드시 후

회한다!" 하십니다. '아…, 딸들만 아니라 아버님도 이곳을 좋아하셨구나!' 하는 생각이 들었습니다. "셰프님, 음식 정말 맛있습니다! 최고예요!"라는 말씀도 잊지 않으십니다.

남기는 글

어쩌면 자식들 앞에서는 '책임감' 있는 아버지의 모습,
그러다 친구들과 있을 때는 그 친구와 젊은 시절로 돌아가
즐거운 시간을 보내고 계시는 거겠죠?
친구와 좋은 추억 만드셨길 바랍니다.
우리 동네 최고 맛집이라고 말씀해주셔서 감사합니다.
그 말씀에 부끄럽지 않도록 노력하겠습니다.

10

사
람
간
의
예
의
를
가
르
치
시
는
어
머
니

어머니와 아들

저녁 시간, 고등학생 아들과 어머니가 들어오
셨습니다. 음식을 주문하고 모자가 도란도란 이야기를
나눕니다. 아들이 오랜 시간 동안 배운 선생님이 있는데,
사정이 생겨서 이제는 그분에게 공부를 배우지 못하고
가까운 보습학원으로 옮길 예정인가 봅니다. 아들은 자
기가 의사를 제대로 전달하지 못할 것 같으니 그냥 그만
둔다고만 말하겠다고 합니다.

그 모습을 본 어머니께서 "그래도 선생님께 정중히 말
씀드려라. 입을 떼기 어려울 테지만 그게 도리야. 그동안

배운 인연이 있지 않니? 사람은 언제 어떻게 다시 만날지 모른단다. 문자나 전화로 그만하겠다 통보하지 말고…. 엄마가 부탁한다. 응?" 하며 고압적인 태도 대신 설득부터 하십니다. 어머니의 완곡하면서도 올바른 표현이 멋있어 보였습니다. 말하기 어려운 말일수록 운을 떼기 쉽지 않다는 걸 압니다. 그래도 그럴수록 맨정신에 얼굴을 마주 보고 대화해야 한다는 걸 자식에게 가르쳐 주십니다.

잠시 후, 아들이 "네, 어렵지만 그렇게 할게요. 그게 맞는 것 같네요. 제 생각이 짧았어요"라고 대답합니다. 그 말을 듣는 어머니 얼굴에 옅은 미소가 걸립니다.

남기는 글

표현은 정확하고 자세히 하는 게 좋은 것 같습니다.
서로에게 오해를 불러일으키지 않도록 말입니다.
저는 레스토랑을 운영하면서 하루에 한 가지씩 배웁니다.
일을 하다가, 음식을 만들다가 또는 이렇게
손님들을 통해서 말이죠. 사람을 대하는 '태도'와 '인연'을
만들어가는 방법을 알려주시는 어머니.
덕분에 재료를 준비하면서 저도 모르게 경청하게 되었습니다.
정중한 가르침에 저도 많이 배웠습니다. 살펴 가세요~!

어린 딸과 먼 길을 온 예전 직장 상사

"아빠! 다음엔 엄마도 같이 오자.
그때도 포모도로 꼭 시켜줘~!"

〰️

　예전에 홍제동에 살다가 용인으로 이사 간 선배가 있습니다. 코로나로 답답했는지 딸이 "아빠, 전에 살던 동네로 여행가자~!" 하는 소리에 버스타고 둘이서만 홍제동에 갔다고 합니다. 그렇게 둘러본 김에 "아빠 후배가 레스토랑을 하는데, 거기 가서 파스타 먹을까?"라고 물었더니 좋다고 했답니다. 용인에서 홍제동 그리고 이곳 밀라노기사식당까지 꽤 긴 여행길이었습니다. "선배님, 번거롭지 않으셨어요?"라고 했더니, "홍제동에서 엎어지면 코 닿을 거린데 뭐~. 우리 배고파서 파스타 좀 많이 먹어야 할 것 같아"라며 너스레를 떠십니다.

　어린 딸은 파스타와 샐러드를 너무 맛있게 먹습니다. "더 먹을 수 있어요?"라고 물었더니 고개를 끄덕입니다. 선배는 딸이 먹는 걸 보고 아빠 미소가 입에 만연합니다. 크림치즈와 알리오올리오를 먹어서 포모도로를 한 그릇 더 올려드렸습니다. 딸이 포모도로를 반쯤 먹더니 아빠를 물끄러미 바라보고는 "아빠 먹어~!" 이렇게 양보합니다. 그래서 선배가 "그럼 먹어볼까?" 하고 한입을 먹는데 그 모습을 보던 딸이 "딱 한 입만!!" 하고 강조합니다. 선배와 저는 순간 웃음이 빵 터졌습니다. "배부르다며?" 하며 안 주는 척하다가 딸이 조르니 어쩔 수 없다는 듯 내주는 모

습이 너무 보기 좋네요.

식사를 거의 마치고 저에게 무심한 듯 요즘 괜찮으냐고 묻습니다. 저
또한 무던하게 괜찮다고 답합니다. 어깨를 따뜻하게 토닥여주고 일어나
가려고 할 때, 딸이 "아빠! 다음엔 엄마랑 오자. 그리고 그때도 포모도로
이거 꼭 시켜줘!"라고 하네요. 선배와 저는 또 한 번 웃었습니다.

남기는 글

먼 길 찾아주셔서 감사합니다.
그 마음 너무나 감사합니다.
모쪼록 기본에 충실하고 빠르지는 않더라도
한걸음 한걸음 앞으로 내딛는 모습 보여드리겠습니다.
선배님도 하시는 사업 무탈하길 바랍니다.
언제나 몸 건강하세요. 귀한 발걸음 감사합니다.

셰프님! 오랜만에 여의도 나갔는데 우리 딸이…

멀리 나갔다가도 결국 동네로 소환되는 가족

이제는 그저 '손님'과 '셰프' 사이가 아닌 '사람'과 '사람'인 관계가 많습니다. 점심 무렵, 예쁜 딸이 엄마 손을 붙잡고 쫄랑쫄랑 경쾌하게 입장합니다. 저를 보자마자 우리 손님이 하소연 아닌 하소연을 합니다. "아니, 셰프님~. 오랜만에 여의도에 볼일이 있어서 나갔는데요. 지금 시국에 마음대로 돌아다니지도 못하고 그래서 간만에 나간 김에 맛난 것 좀 먹자고 생각하고 아이한테 '은아(가명)야, 돈가스 사줄까?' 이랬거든요? 그런데 반응이 시큰둥한 거예요. 그래서 '뭐 먹고 싶은 거 있

어?'라고 물어보니 고개를 갸우뚱하고는 씨익 웃더라고요. 혹시나 해서 '음…, 혹시 밀라노니?' 그랬더니 고개를 끄덕이지 뭐예요. 그래서 동네로 바로 소환됐어요!" 너무 웃픈 이야기였습니다. 아이는 엄마 심정을 아는지 모르는지 옆에서 방긋방긋 웃기만 합니다.

또 한 번의 소환

일요일 저녁, 느지막이 은아네 세 식구가 들어옵니다. "셰프님~! 또 소환되었습니다. 오늘은 드라이브까지 나갔는데 다시 동네로…. 아, 그런데 사실 저희도 좋아요. 우리 동네에 이런 귀한 곳이 있어서 정말 편하게 먹는 거니까요." 이렇게 말씀해주시지만 저 또한 엄마·아빠의 선택권이 없는 게 너무 안타깝습니다. 저야 늘 우리 꼬마 숙녀의 팬심에 감사할 뿐입니다.

남기는 글

어른의 입맛은 날카롭습니다. 그리고 아이의 입맛은 정직하지요.
지금처럼 그렇게 밝고 맑은 모습으로 성장하는 것을 보고 싶습니다.
작년에는 엄마만 쫓아다니던 아가씨가 이제는 엄마랑
티키타카를 하는 모습을 보면 왠지 모르게 가슴 따뜻해지네요.
내년엔 학교에 입학하게 될 텐데, 힘들거나 넘어져도
다시 씩씩하게 일어서서 걸어가는 우리 꼬마 숙녀가 되길 바랍니다.

13

서로에게 마음 써 준 두 테이블

지리산 토종꿀을 들고 온 손님

코로나 단계가 격상될 때면 손님이 잠시 줄어들지만 생각하지 못한 '인연'도 더러 생깁니다. 어느 날, 단골손님이 지리산 토종꿀을 선물로 가져오셨습니다. 너무 감사한 마음에 매장에 가지고 있던 아이스크림에 꿀을 살짝 얹어 내드렸습니다.

그런데 8시쯤 한 여성분이 전화하시더니 식사가 가능한지 물어보십니다. 이때는 9시가 제한 시간이었습니다. 그래서 식사는 가능하지만 괜히 급히 드시는 건 아닌지 걱정되어 괜찮으시겠냐고 물었습니다. 걱정 말라고 하시더니 8시 20분쯤 입장하시네요. 초등학생으로 보이는 아들이 같이 들어옵니다. 파스타 두 그릇을 시키고 너무 맛있게 드시더니 "혹시 1개 추가 주문 가능할까요?"라고 하십니다. 그래서 서둘러 한 그릇 추가로 해드렸습니다.

문득 아이에게도 아이스크림을 주고 싶은 마음에 꿀을 들고 온 단골손님에게 다가가 "혹시 저 아이에게도 벌꿀 아이스크림…"이라고 조용히 말을 꺼내는데, 오히려 단골손님이 작은 목소리로 "셰프님! 제가 오히려 부탁하고 싶었어요. 근데 이미 셰프님께 선물로 드린 거니까 말씀을 못 드렸는데…." 하십니다. 서로 마음이 통한 겁니다. 그렇게 아이와 엄마에게도 벌꿀 아이스크림을 서비스로 드렸고, 시간이 없어서 급하

게 먹고 후다닥 나가셨습니다.

그런데 잠시 후, 전화 한 통이 왔습니다. "셰프님, 방금 식사 마치고 나온 사람이에요. 시간에 쫓겨 너무 급하게 나오느라 인사를 제대로 못 드렸습니다. 바쁘지 않으시면 잠시만요…" 하시고 아이에게 전화를 바꿔주십니다. "셰프님, 아이스크림 정말 감사히 잘 먹었습니다"라는 아이에게 "그거 그때 옆에 있던 누나가 준 건데, 혹시 누나한테도 말해줄 수 있을까?"라고 했더니 바꿔 달랍니다. 수화기 너머로 고맙다고 말했는지, 전화를 받은 우리 손님 눈시울이 붉어지네요. "우리 나중에 또 볼 수 있으면 보자~! 그때도 맛있는 것 가지고 오면 누나가 줄게!"라면서요.

남기는 글

비대면, 거리두기.
코로나 시기에 서로를 위해서 반드시 필요한 일입니다.
그렇지만 우리는 사람인지라 사람이 '그립습니다.'
서로 오가는 마음이 있기에 지금같이 지치고
힘든 시기를 헤쳐 나갈 수 있는 것 같습니다.
'사람'을 위하는 마음만큼은 거리 두지 않았으면 좋겠습니다.

14

손님보다 벗에 가까운 두 분

처음은 혼자

〰

처음 방문하실 때 혼자 오셔서는 "혼자인데 식사 가능한가요?"라고 조심스럽게 물으시던 모습이 기억납니다. 그렇게 작은 인연이 시작되었습니다. 비록 레스토랑에 혼자 앉는 테이블은 없지만, 그래도 조금이라도 편하게 식사를 하셨으면 하는 바람입니다. 가족, 친구, 연인들이 즐기는 공간이지만 혼자 온 사람도 소외되거나 눈치 보지 않는 그런 공간이요. 그래서 혹여 혼자 들어오기 눈치가 보인다면 저를 보고 식사를 하실 수 있게 자리를 안내해드리곤 합니다.

그렇게 시작되었던 만남인데, 얼마 지나지 않아 남자친구를 데리고 다시 방문하십니다. 남자친구분은 파스타를 그렇게 좋아하지 않는다고 하셨는데도 "셰프님, 여기 파스타는 맛있어요~!"라고 말씀해주셨습니다. 처음에는 그저 인사치레거니 생각했는데 아니었나봅니다. 그 뒤로 적어도 일주일에 한 번은 방문하시네요.

"출장 갔다가 다녀오는 길에 사 왔어요."

"파스타 먹고 싶어서 왔어요, 사장님!" 하며 들어오는 커플. 그런데 늘 오시던 기간보다 더 짧게 오셨습니다. 파스타가 목적이 아니라 제게 선물을 주러 오셨던 것이었습니다. 그럼에도 그냥 가기 아쉽다며 결국 파스타까지 드시고 갑니다.

"이거 출장 갔다가 돌아오는 길에 사 왔어요. 병천순대인데 한번 맛보세요. 칵테일에이드하고 어울릴 것 같아요." 하면서 제 손에 쥐어주십니다. 돈으로 환산할 수 없는 큰마음이었습니다. 그 피곤한 출장 중에도 저를 잠시 생각해 주신 거니까요. 그렇게 맺은 인연은 어느새 지나가다 들러서 커피 한잔하면서 이야기 나누는 사이가 되었습니다. 장 보고 지나가는 길에 들러서 제 손에 뭐라도 쥐어주고 가는 경우도 많고요.

언젠가 피로 누적으로 어깨 인대가 손상되어 잠시 일을 쉬었을 때도 SNS에서 복귀하는 날을 보시고는 몇 번이나 들려서 안부를 물어봐주셨습니다. 그저 감사하다는 말씀 외에는 드릴 게 없습니다.

남기는 글

"사장님! 이제 맛있는지 묻지 마세요~.
저는 객관성을 잃었어요!"라는 우리 손님.
지금은 손님보다 '벗'에 가깝습니다. 크림을 좋아하는 여자 선생님.
얼큰하거나 아니면 깔끔한 맛을 좋아하는 남자 선생님.
두 분은 매번 "사장님한테 받기만 하네요"라고 말씀하십니다.
그런데 혹시 그거 아시나요? 저는 두 분을 만나서
그보다 더 큰 마음을 받았습니다.
그 큰 마음에 작은 음식으로 보답하는 것에 불과합니다.
지금처럼 두 분이 알콩달콩하게
그리고 저와도 같은 추억을 공유했으면 좋겠습니다.
언제나 건강하세요.

15

꽃을 알려주고 공간에 생기를 불어넣어 준 사람

"이사 가기 전에 한번 먹어보고 싶었어요."

〰〰

코로나로 전국이 급격하게 얼어붙던 시기에 우아한 여성 한 분이 가게에 들어오셨습니다. 첫 느낌이 파스텔 톤을 닮은 손님이었습니다. "셰프님~! 전주비빔 파스타 주세요"라고 당차게 말씀하셔서 바로 파스타를 올려드리고 드시는 방법을 설명해드렸습니다. 비벼서 한 입 천천히 드시더니 "어? 미슐랭급인데요?"라는 칭찬을 아끼지 않으십니다. 지금은 미식가들이 많이 찾아오는 곳이기도 합니다만, 처음에 이런 말씀을 들을 때는 "감사합니다"라는 작은 인사만 올렸습니다. 정말 그것만큼 대변할 수 있는 말이 없었으니까요.

식사를 마치고 손님이 없는 홀에 혼자 앉아계시기에 조심스레 "식사는 괜찮으셨나요?"라고 물었습니다. "네! 너무 좋았습니다. 다만, 시기가 시기인지라 사람이 없어서 마음이 아프네요. 제가 이사를 가는데 그 전에 한번 먹어보고 싶은 마음에 들렀습니다"라고 말씀하시네요. "가시기 전에 이렇게 들려주셔서 감사합니다. 좋은 추억이 되셨길 바랍니다." 이 대화를 끝으로 다시 볼 수 있을 거라는 생각은 하지 못했습니다.

"고춧가루 사용하시나요?"

그런데 몇 주 후 SNS를 통해 연락을 주셨습니다. "셰프님~! 혹시 고춧가루 사용하시나요?"라고 말입니다. "아~, 네 그럼요! 사용합니다. 왜 그러시죠?"라고 물으니 "제가 이번에 좀 많이 사서 나눠드릴까 하고요." 하시고는 바로 찾아오셨습니다. "이사는 잘 하셨어요? 멀리서 여기까지 이걸 주시려고…"라고 하니 "괜찮아요! 차 있어서 금방 옵니다. 크림치즈 파스타도 한 그릇 주세요." 하시네요. 서둘러 파스타를 드리고 음료를 서비스로 내드렸습니다.

식사하시는 동안 가져오신 그릇을 얼른 비웠습니다. 그리고 뭐 드릴게 없을까 하고 두리번거렸습니다. 마음을 받았으면 저도 마음을 드려야 하니까요.. 그래서 제가 먹으려고 사뒀던 원두를 꺼냈습니다. "혹시 커피 좋아하세요?"라고 하니 너무 좋아하신답니다. 계산하고 가시는 길에 "이거 별거 아니지만 집에 가서 드시고 싶으실 때 드세요." 하며 원두를 드렸습니다. 그때 표정은 우아했던 느낌과는 달리 '내가 뭘 받으려고 가지고 온 게 아닌데'라는 미안함이 묻어있는 인정 넘치는 따스한 표정이었습니다.

"셰프님!! 가위 줘 봐요, 가위!"

밀라노기사식당의 테이블에는 센터 피스로 조화가 꽂혀 있습니다. 생화를 매번 사 오기가 힘들어서 일단 조화로 장식했는데, 제가 꽃꽂이를 배운 게 아니다 보니 꾹꾹 꽂아놓고는 예쁘다고 사진을 SNS에 올렸습니다. 그걸 우리 손님이 보셨는지 잽싸게 찾아오셨습니다. 문을 열고 들어서자마자 "셰프님~! 가위 있으세요? 있으면 좀 주세요." 그러더니 테이블에 있는 모든 센터 피스를 모아서 다시 재조합하기 시작합니다. 그 한 번의 터치로 조화인데도 생기가 불어넣어진 것 같았습니다. 그렇게 꾸며진 센터 피스를 물끄러미 보고 있으니, 별거 아니라는 듯 "제가 꽃을 하는 여자거든요~"라고 하십니다. 뭐라 감사하다는 말을 드려야 할지 몰라 "제가 오늘은 식사를 대접할게요. 너무 감사합니다." 하며 음식으로나마 고마움을 전했습니다.

그리고 한 발짝 가까운 친구가 되어

그렇게 조금은 조심스럽게 서로에 대한 이야기를 나누게 되었습니다. 그러다 자연스럽게 동갑이라는 것을 알았습니다. 그래도 처음에는 말을 쉽게 놓지 못했습니다. 어렸을 때는 친구를 사귀면 쉽게 말을 놓지만, 나이가 들고 나서는 누구를 '사귐'에 있어서 나이와 상관없이 존대를 하게 됩니다. 그 또한 상대에 대한 배려인 동시에 서로 예의를 지키기 위함이기도 하니까요. 그렇게 어느새 손님은 저에게 꽃을 알려주는 친구로 옆에 같이 있어줬습니다. 지금은 자칭 '밀라노 참새'라고 부르며 수시로 방앗간을 찾아옵니다. 꽃을 바라보는 시각과 꽃의 종류 그리고 대하는 마음을 친구에게 배웁니다. 음식을 바라보는 시각과 음식의 종류 그리고 대하는 마음이 저와 비슷해서 친구가 되었는지도 모르겠습니다.

남기는 글

이 시기에 레스토랑을 하면서 잘했다는 생각이 들었던 건
'소중한 인연들'이 많이 생겼기 때문입니다.
힘든 시기에는 힘들다고 서로 이야기는 안 해도
같이 파스타 한 그릇 하면서 담소로 스트레스를 풉니다.
나이가 들면 누군가를 사귐에 있어 쉽지 않습니다.
그만큼 마음에 상처받기도 싫고 마음을 열기도 어려운 거니까요.
그럼에도 스스럼없이 다가와 준 친구가 고마웠습니다.
꽃에 자신의 삶을 온전히 걸어서 '업'으로 삼는다는 건
쉽지 않다는 걸 친구를 통해서 알게 되었습니다.
그 꽃에 '혼신'을 다하는 친구를 보면 저 자신을
돌아보는 시간이 되곤 했습니다. 친구는 저를 보면서
자신이 꽃을 시작해서 혼자서 헤쳐 나갔던
어려운 시기가 떠올라 마음이 갔다고 합니다.
친구가 말합니다. "요즘은 돈보다 마음을 쓰기 어려운 시기 같아.
그래도 우리 돈보다는 마음을 쓰자. 응?" 맞는 말입니다.
돈은 없으면 못 해줘서 미안하고, 있으면 돈으로 해결하는 게
가장 쉬워 보입니다. 하지만 있든 없든
마음을 쓴다는 건 언제나 따뜻한 일이기 때문입니다.

16

가구디자인을 하는 키다리 아저씨

나무를 만지는 손님

지금도 존대를 하지만 편한 사이. 손님으로 왔다가 형·동생 사이가 된 손님이 계십니다. 나무를 좋아하고, 자연을 좋아하는 형은 가구를 만지는 사람입니다. 처음엔 우연히 동네에 있어서 '한번 가봐야지.' 하고 별생각 없이 왔다고 합니다. 그런데 어려운 시기여서 손님이라고는 형밖에 없어서 첫 만남부터 많은 이야기를 나누게 되었습니다. 그렇게 식사를 하고 가셨는데 전주비빔 파스타가 계속 머릿속을 맴돌았다고 합니다. 그래서 다시 찾아오셨습니다. 형은 전주비빔 파스타를 가장 좋아합니다. 지금은 시즌 메뉴로 나온 '라탕'을 더 좋아합니다.

"정우 씨~. 나 목표가 생겼어요!"

어느 날은 상암동에서 술 한잔하다가 2차로 후배들을 데리고 오셨습니다. 불편함을 감내하고 넘어와야 하지만 형은 "그렇게 안 멀어요"라고 해주십니다. 그리고 후배들을 소개해주면서 식사하다가 문득 "정우 씨~! 나 목표가 생겼는데, 밀라노기사식당을 많이 알리고 싶네요. 우선 주변 사람부터요"라고 말씀하십니다. 이후로도 거리가 꽤 먼 회사 후배들을 데리고 옵니다. 그럴 때면 저는 감사하면서도 설득해서 데

려오기가 쉽지 않았을 거라는 걱정이 듭니다. 형 성격이 그렇습니다. 만약에 제가 같은 회사에 다녔고 제 상사였다면 잘 따랐을 것 같습니다. 그 업계에서 15년을 일했으면 '타성'에 젖을 법한데 그러질 않습니다. 성실하게 자신의 책임을 다하고, 후배에게는 믿을 수 있는 사람입니다. 직접 듣지는 않았지만, 후배들이 형을 보는 눈빛과 대화에서 느낄 수 있었습니다.

"힘들 때는 맑은 하늘을 생각해요."

∿

코로나 시기이기에 편안한 시간은 '찰나'였고, 힘든 시간은 '영겁'에 가까웠습니다. 형은 그럴 때마다 찾아와서 식사를 합니다. 별말은 하지 않지만, 가끔 "괜찮아요?"라고 조심스럽게 물어보시는 걸 보면 제 얼굴 표정에 힘듦이 드러나나 봅니다. "정우 씨. 음…, 도움이 될지 모르지만 힘들 때는 맑은 하늘을 생각해볼래요? 청명한 맑은 하늘요. 그냥 그렇게 맑은 하늘을 생각하다 보면 괜히 우울했던 기분도 한결 가벼워져요. 저는 힘들 때 그렇게 해소하곤 합니다. 혹시 도움이 될까 해서 말해봐요."

형이 말한 대로 가끔은 눈을 감고
'청명한 맑은 하늘'을 생각하곤 합니다.
형에게는 '정중함'과 '예의'를 배웠습니다.
저 또한 그렇게 하려고 노력하고 있습니다.
우리는 지금도 서로 존대합니다. 서로 존대를 한다고
꼭 불편한 건 아닙니다. 나이를 먹고 사귐에 있어서
그 사이가 가볍지 않으려면 서로에 대한 존중이 필요합니다.
형은 그걸 말로 하지 않고 몸소 저에게 보여줬습니다.
그 덕분에 저 또한 우리 손님들에게 편안하면서도
정중하게 다가갈 수 있는 법을 배웠습니다.

처음엔 여동생의 지인, 지금은 내 동생

여동생을 따라 방문한 지인

처음엔 여동생을 따라 온 지인이었습니다. 음식 하나에 와인 한 잔을 두고 이야기를 시작했는데, 음식에 대한 이야기를 하다 보니 서로 대화가 끊이질 않았습니다. 자신은 음식을 잘할 줄 모른다고 겸손하게 이야기하지만, 음식을 대하는 자세나 지식은 어린 나이임에도 상당히 높았습니다. 오히려 제가 더 배워야 할 게 많다는 생각이 들 정도였습니다. 그렇게 즐겁게 대화하고 끝날 줄 알았던 만남이었습니다.

"잘 지내요?"라는 인사

그런데 그 대화가 저도 좋았나 봅니다. 문득 교환한 전화번호로 메시지를 남겼습니다. "잘 지내고 있어요?"라고 인사했더니 너무나 반갑게 화답을 해줍니다. 그렇게 또 우리 셋은 가게에서 모여 식사를 하고 이야기를 나눕니다. 그렇게 두 번째 그리고 세 번째 만남이 이어지면서 서로가 너무 편해졌습니다.

멀리서도 한걸음에…

둘 다 바쁜 사람들이라 셋이서 시간을 맞추기가 쉽지 않았습니다. 그 덕분인가요? 어느샌가 여동생이 없어도 둘이 편하게 만남을 이어가고 있습니다. 메시지로도 스스럼없이 안부를 묻고, 그 먼 거리에서도 제 파스타가 그립다며 한걸음에 달려옵니다. "형~! 이거 비밀인데, 나는 사실 레스토랑이나 카페에서 혼자 못 먹어. 그런데 형한테는 용기 내서 온 거야"라는 동생. 누군가에게는 아무렇지 않을 수도 있는 일. 그렇지만 누구에게는 큰 결심이기도 합니다. 그렇게 멀리 와서도 레스토랑에 사람이 많으면 밖에서 보고 조용히 돌아가는 동생. 괜히 형 영업하는데 방해될까 먼발치에서 보는 일도 있습니다. 근처에 오면 부러 들렸다 가기도 하고 말입니다.

남기는 글

아무리 바쁘다고 손님만 반갑고 동생이 오면 안 반갑고
그런 게 어디 있겠어. 언제나 반갑지. 이곳은 위치가 좋은 것도
가까운 것도 아니어서 네가 오려면 큰마음 먹고 오는 걸 텐데
어찌 안 반가울까? 우연에서 인연으로 지금은
내 동생이 되어줘서 고마워. 그러니 어느 자리 어디에 있든
언제나 널 응원할게. 항상 몸 건강, 마음 건강하길 바라.

18

제대로 된 퓨전파스타는 정말 처음이네요!

앞으로가 기대되는 사람

～～

처음에 드셨던 메뉴 그리고 두 번째 먹었던 음식, 좋아하는 음료까지 머릿속에 기억이 납니다. 저녁에 혼자 오셔서 드신 메뉴는 '전주비빔 파스타' 그리고 두 번째 먹었던 음식은 '마늘삼겹 파스타' 그리고 좋아하는 음료는 '레드 칵테일 에이드'입니다. 처음에 전주비빔 파스타를 먹으면서 "셰프님! 제대로 된 퓨전파스타는 정말 처음이에요!" 하고 좋아해 주셨습니다. 아마도 우리 손님들을 눈에 담고 기억할 수 있었던 건 아이러니하게도 코로나라는 힘든 시기 덕분이었던 것 같습니다.

그렇게 혼자 와서 먹고, 친구들을 데리고 와서 먹습니다. 그리고 거리두기가 상향되면 항상 "셰프님! 걱정하지 마세요. 제가 사람 엄청 많이 데리고 올게요!"라고 말하며 사라집니다. 그 한마디가 큰 힘이 되곤 합니다. 우리 손님은 나이는 어리지만 '미식가'가 될 자질이 보입니다. 맛을 보고 놀라울 정도로 표현을 잘합니다. 그리고 보완할 점도 정확하게 이야기합니다. 그래서 저는 지금보다 앞으로가 더 기대됩니다.

한 명이 퍼뜨린 씨앗

단골손님이 있다는 건 정말 큰 힘을 얻은 것과 같습니다. 우리 손님뿐만 아니라 많은 단골손님이 주변에 있는 지인들을 데리고 와서 소개해주시니까요. 그런데 정말 신기한 건 소개로 온 손님들이 다시 방문을 하십니다. 그것도 다른 사람들을 데리고 말입니다. 때로는 친구, 때로는 가족을 모시고 옵니다. 지금은 모두 소중한 단골이 되었습니다. 우리 단골손님 한 명이 적어도 40명 이상은 데리고 온 것 같습니다. 그런데 그 40명이 또 다른 사람들을 그리고 그 또 다른 사람들이 다른 사람들을 데리고 오시면서 레스토랑을 찾아주는 발걸음이 늘어났습니다.

남기는 글

사람이 많아져서 이제는 혼자서 못 먹을 거라는 생각은
하지 않으셨으면 좋겠습니다. 재료가 소진되면 어쩔 수 없지만
그게 아니라면 언제든 혼자서 드실 수 있는 공간입니다.
처음보다 상황이 더 나아진 건 우리 손님들이 있어서입니다.
처음엔 어려우니까 혼자 식사하는 게 괜찮고, 상황이 나아졌으니
혼자 온 손님은 눈치 봐야 하는 상황은 제가 원하지 않습니다.
그러니 언제든 드시고 싶을 때 혼자 오셔도 됩니다.
그보다는 위험한 시기에 항상 몸 건강하시고,
마음도 잘 챙기시기를 바랍니다. 언제나 우리 벗이 올 때
즐겁고 편안하게 머물다 갈 수 있도록
저는 이 공간에서 기다리고 있겠습니다.

19

후회하지 않아?

아내의 질문

～～

오픈 당시는 쉬운 날이 단 하루도 없었습니다. 그렇게 어려울 때 아내가 저에게 물었습니다. 회사 그만둔 걸 후회하지 않느냐고…. 그 질문에 1초의 망설임도 없이 "후회하지 않아"라고 대답했습니다. 그렇게 대답을 해야 할 것 같아서 그랬던 게 아닙니다. 정말 고민할새 없이 나온 '진심'이었습니다. 그렇게 말할 때면 아내는 "그럼 됐어요~. 이 시기도 좀 즐겨야지. 쉽지 않다는 거알지만 그래도 즐겨야 해요"라고 조언해줍니다. 아내의 질문에 후회하지 않는다고 대답하는 제 모습에서 새삼느껴집니다. '내가 정말 이 일을 좋아하는구나!' 하고요.

언제나 살얼음을 걷는 길, 사업

～～

사업은 언제나 살얼음을 걷는 것과 같습니다. 시베리아 벌판을 걸어가는 것처럼 예상하지 못한 위기가 언제든지 발생할 수 있습니다. 그럴 때마다 못한다고 말하면 아무것도 할 수 없다는 생각이 들었습니다. 그 안에서 '어떻게 걸어갈 것인가?'를 항상 고민했습니다. 그렇게 생각했더니 코로나도 그저 많은 '위기' 중 하나일 뿐이었습니다. 위기 속에서 나는 어떻게 대응하고 '기회'를 찾을 것인가 스스로에게 물어봅니다.

내가 걷고 있는 이 길을 후회하지 않는다면, 조금은 즐기면서 가는
방법을 생각해 보려고 합니다. 그래야 언제든 다시 일어설 테니까요.

2020년 7월, 가오픈하던 그날

하룻밤 사이 5kg

가오픈 전날. 모든 준비를 마치고 집으로 들어가는 길은 이미 자정이 넘은 시간이었습니다. 준비하는 동안 하루에 한 시간도 채 못 자는 날이 많았습니다. 깊이 잠들고 싶었지만 몸이 그걸 허락하지 않았던 것 같습니다. 새벽에 불광천변을 따라 한강을 산책해도 '긴장감'이 몸을 감싸왔습니다. 그렇게 1년을 준비하며 달려왔습니다.

그리고 모든 점검을 마치고 잠든 다음 날. 알람 소리도 울리지 않았는데 새벽 6시에 눈이 떠졌습니다. 전날과 다르게 몸과 머리가 '청명'했습니다. 준비하려고 일어나는데 몸이 어제와 다른 느낌이 들었습니다. 스스로 느껴질 정도의 '가벼움.' 그래서 체중계에 올라가 몸무게를 측정하니 하룻밤 사이에 5kg이 빠졌습니다. '잘못 측정한 건가?'라는 생각에 위치를 다시 맞추고 측정해도 여전히 그대로였습니다. 헬스장에서도 측정했지만 여전히 똑같았습니다.

그동안 많은 연습을 했습니다. 처음이지만 처음이 아닌 것처럼. 그렇게 연습에 연습을 통해서 몸이 기억하게 했습니다. 그렇게 가오픈하고 지인들에게 테스트를 하면서도 긴장되기보다는 고요하고 평온했습니다. 마치 오래전부터 해왔던 일처럼⋯.

가오픈 2주 – 최종 테스트, 지인 300명 초청

가오픈 2주는 손님을 받지 않았습니다. 대신 지인들에게 초청장을 보냈습니다. 지인들이 최종 테스트 관문이었습니다. '아낌없는 쓴소리'를 들을 수 있는 마지막 기회였습니다. '이걸 뛰어넘지 못한다면 손님에게 보여드릴 수 없다'라는 생각이었습니다. 음식이 나가면서 표정과 반응을 보고, 설문조사를 통해 부족한 부분을 체크했습니다. 초청 기간이 지나서도 꾸준히 재방문하는 지인에게 "걱정돼서 온 거야?"라고 물었습니다. 그랬더니 "나도 쉽게 번 돈 아니야. 걱정은 되지만 지인이라서 오는 게 아니야. 음식이 생각나서 오는 거라고!"라는 말이 돌아옵니다. '그럼 됐다!'라는 생각이 들었습니다. 지인들은 저에게 쓴소리를 할 수 있는 최고의 자문단입니다. 지금은 그 자리를 '단골손님'들이 점점 채우고 있습니다. 같이 의논까지 하니까요. 시간이 흘러 그날을 돌이켜보니 '조금은 성장했구나'라는 생각이 듭니다.

21

감회, 쉽지 않던 1주년을 맞이하며

2021년 8월 5일, 밀라노기사식당 첫돌

레스토랑을 연지 1년이 되는 날은 기분이 참 묘했습니다. 준비기간을 제외하고 1년을 운영해왔던 그 시간이 평범하지 않았기에 더 감회가 새로웠나 봅니다. 곁을 지켜준 손님들이 있었기에 1주년을 맞이할 수 있었습니다. 그래서 '우리 손님들을 위해 뭘 준비하는 게 좋을까?' 고민했습니다.

별거 아니지만 작은 선물

그래서 작은 선물로 무더운 여름에 시원하게 드시라고 '화이트 와인'을 준비했습니다. 테이블이 아닌 1인당 한 잔씩으로요. 술을 못하시는 분들에게는 다른 음료로 대체해서 준비했습니다. 그저 감사함에 '작은 마음'을 담아보았습니다. 앞으로도 밀라노기사식당 생일에는 화이트 와인을 준비할 생각입니다. 8월이면 밀라노기사식당에서 화이트 와인을 준다는 걸 손님들이 기억하실 수 있도록 말입니다. 다른 이벤트도 차츰 늘려갈 생각입니다만 급히 서두를 생각은 없습니다. 되도록 많은 분들에게 선물을 드리고 싶으니까요.

마음을 쓰는 '여유'

～～～

물질적으로 여유가 있어서 나누는 게 아닙니다. 나눌 수 있기에 '여유'가 생기는 것입니다. 그래서 제가 할 수 있는 범위에서 마음을 조금씩 나눴습니다. 그러다 보니 저한테는 여유가 조금씩 채워집니다. 이렇게 1주년을 맞이하면서 이 작은 공간에서 '삶'을 배워나갑니다. 매일 하나씩 무엇인가를 배웁니다. 하루에 한 개씩 배우면서 다시 돌아온 여름에는 한층 더 성장한 저와 마주하고 싶습니다. 언제나 지금보다 성장하고 의연할 수 있도록….

22

나의 이름은 '正雨'

어릴 때는 제 이름이 너무 싫었습니다. 정우라는 이름이 정말 흔하기도 했고, 한자로 바른 비는 또 뭐야? 하는 생각도 들었습니다. 그러다 '바른 비'라는 뜻의 해석을 서른여덟 살이 되어서야 깨달았습니다.

올바른 물.

사람들이 평온히 쉴 수 있는 호수가 될 수 있습니다. 그리고 같이 힘차게 흐르는 폭포가 될 수도 있습니다. 활기 있는 시냇물도 될 수도 있고요. 꿈을 꾸는 자에게는 수평선이 보이는 바다가 되어 보려고 합니다.

그러나 저의 배려를 몰라줄 때는 저도 사람인지라 폭풍이 되기도 하고, 성난 파도가 되기도 하고, 차디찬 얼음이 되기도 합니다. 그래서 그 감정을 스스로 다스리려고 노력합니다. 최대한 안 좋은 감정은 내비치지 않으려 합니다.

그렇게 세상을 적시는 '단비'가 되었으면 합니다. 아직 부족한 점은 많지만 그런 사람이 되도록 노력해 볼까 합니다.

그래서 저의 이름은 '올바른 물'이라는 뜻에서 정우인가 봅니다.

저는 '완벽한 사람'이 아닙니다. 그리고 '잘난 사람'도 아닙니다.

많이 '부족한 사람'입니다. 부족해서 주변에 많이 물어보고 경청하면서 살아갑니다.

완벽하지도 않고 잘난 것도 없지만 그럼에도 불구하고 주변 많은 사람들이 도와줍니다.

정말 아무 것도 없던 우리들이지만 사회에서 어느 순간 각자의 자리를 만들어 갑니다.

내가 아무것도 없을 때 사람을 만든다는 건 중요한 것 같습니다.

그 사람들은 '나'를 봐주니까요 그리고 같이 성장할 수 있으니까요

언제나 저를 응원해줘서 고맙습니다. 덕분에 코로나에도 무사히 운영하고 있습니다.

Chapter 4

다시 뛰는 가을

여섯 살 꼬마 손님의 주문서

엄마와 이모 손을 잡고

～～

우리 레스토랑은 꼬마 손님들이 많이 옵니다. 사실 처음에는 생각하지 못한 고객층입니다. 주말 점심, 엄마와 이모 손을 잡고 씩씩한 꼬마 손님이 입장합니다. 자기 입으로 여섯 살이라고 먼저 이야기합니다. 메뉴판을 보면서 무엇을 먹을지 고르는데 우리 꼬마 손님이 주섬주섬 연필을 꺼냅니다. 그래서 '뭘 하려나?' 궁금해서 메모지를 가져다줬습니다. 그랬더니, "음식 주문은 나한테 해요~! 내가 적어볼래!"라고 크게 말합니다. 그 모습이 너무 귀여워서 한참을 바라봤습니다. 엄마와 이모는 괜히 폐가 되는 게 아닐까 하고 미안한 표정을 짓습니다. 분주한 시간대였다면 저도 양해를 구하고 다른 팀 주문을 먼저 받았겠지만, 조금 한가한 시간이라 우리 꼬마 손님을 지켜보는 게 좋을 것 같았습니다.

그렇게 삐뚤빼뚤한 글씨로 열심히 또박또박 적어나갑니다. 그렇게 다 적고 나서 엄마가 "다 적었어?"라고 물어보니 고개를 끄덕입니다. 그러더니 저한테 "여기 있습니다~!" 하고 조막만한 두 손으로 공손하게 건네주네요. 우리 꼬마 손님이 만족할 수 있게 열심히 음식을 만들어 내드렸습니다. 정말 맛있는지 "맛있어!"를 연신 외치면서 먹는 우리 꼬마 손님. 식사를 다 마치고 엄마가 "삼촌한테 인사드려야지"라고 하니 "잘 먹었습니다!"

라며 배꼽 인사를 합니다. 레스토랑을 운영하면서 조카들이 많이 생기
네요.

남기는 글

뜻밖의 선물입니다.
우리 꼬마 손님의 삐뚤빼뚤한 주문서가
왠지 모르게 마음을 적십니다.
그 주문서는 지금도 보관하고 있습니다.
덕분에 저도 잠시 즐거웠습니다.

처음엔 둘 그리고 지금은 셋

임신 초기였던 친구 부부
〰

레스토랑을 오픈한 시기, 제 친구 부부가 임신한 지 얼마 안 되던 때였습니다. 제수씨는 입덧이 심해서 음식을 잘 먹지 못했습니다. 그런데 제가 해준 음식을 먹으면 속도 편하고 기분이 좋다고 하더군요. 재미있는 건 많은 임산부가 비슷한 말씀을 해주신다는 것입니다. 별다를 게 없는데 입덧 때문에 고생하다 잠시 행복했답니다. 그렇게 꾸준히 오던 친구 부부는 출산이 임박하면서 연락만 주고받게 되었습니다.

그리고 다시 돌아온 가을에는
〰

얼마 전, 그 친구에게 연락이 왔습니다. 다짜고짜 예약이 가능하냐고 합니다. 당연히 가능하다고 했더니 친구 부부가 유모차를 끌고 서둘러 왔습니다. 유모차 안에는 이제 세상에 나온 지 7개월밖에 안 된 아기가 새근새근 자고 있었습니다. "너무 오랜만이죠?"라는 제수씨. "몸은 어때요? 괜찮아요?"라고 물었습니다. 그 짧은 질문에는 그동안의 안부가 전부 들어 있습니다. "아기 출산하고 처음으로 밖에 나와서 생각난 곳이 정우 씨 레스토랑이에요!"라며 "정우 씨 음식을 너무 먹고 싶었어요." 하고 말씀해주십니다. 대단한 것 없는 저의 음식을 그렇게 기분

좋게 생각해주시니 감사할 뿐입니다. 프랑스에서 살다 온 제수씨에게 "이제는 와인 마실 수 있어요?"라고 물으니 눈이 반짝반짝 빛나면서 고개를 끄덕이십니다. 음식과 와인을 즐길 수 있게 올려드리니 정말 흡족하게 식사를 하셨습니다.

"너무 맛있었어요!" 하면서 눈과 입이 웃고 있는 제수씨를 보니 저 또한 마음이 흐뭇합니다. 실컷 먹고 난 친구 부부는 "아…, 또 정신줄 놓고 사진 안 찍었다." 하며 아쉬워합니다. 이 말에 옆에 있던 손님들의 웃음보가 터집니다. 그렇게 또 한 번 웃고 넘어갑니다.

남기는 글

둘이서 걸어온 길을 이제 셋이서 걸어갑니다.
임신했을 때 그리고 출산 후 처음 외출할 때 생각나는 음식이
'밀라노기사식당'이어서 감사합니다. 친구 부부에게
즐거운 추억거리가 되길 바랍니다. "언제든 먹고 싶으면 연락해요.
내가 밥 한 끼는 해줄 수 있어요." 건강한 모습으로 봐서 반가웠습니다.

1년 전의 약속

"셰프님, 잘 계셨어요? 이거 선물이에요!"

작년에 친구와 우연히 방문하셨던 손님. 오늘은 오랜만에 다른 친구와 방문하셨습니다. 그러면서 "셰프님, 잘 계셨어요? 이거 셰프님 드리려고 사 온 거예요!"라며 선물을 건네주십니다. 이런 선물을 받을 때면 참 과분하게 느껴집니다. 음식을 사 먹으러 오는 손님이 저를 생각해주시고 선물을 챙기는 건 생각보다 쉽지 않은 일입니다. 그 잠깐 동안 온전히 마음을 써주시는 거니까요.

우리 손님들이 주문을 하고, 식사가 나갔습니다. 그리고 주섬주섬 육회 카르파치오를 준비해서 올립니다. "어? 저희 이거 주문 안 했는데요?"

라는 손님. "제가 1년 전 약속을 지키는 거예요." 하고 말씀드리니 고개가 갸우뚱합니다. "1년 전에 다른 친구분과 들렀을 때 다시 오시면 제가 '육회 카르파치오' 맛을 보여드린다고 했었잖아요. 오셨으니 제가 했던 약속을 지켜야죠"라고 말씀드렸습니다. 그때는 신메뉴가 나오기 전이었습니다. 눈이 휘둥그레지면서 "아니…, 그걸 기억하고 계셨어요?"라고 하십니다. "그럼요~!" 하며 식사를 즐기시도록 자리에서 물러났습니다.

남기는 글

손님, 가족 그리고 지인에게 무언가 약속할 때
최대한 기억하려 합니다. 약속을 지키지 못하는 실언을
하기 싫어서입니다. 제가 스무 살 때, 첫째 조카가
저와 어린이날 등산을 손꼽아 기다렸습니다.
그런데 너무 피곤한 나머지 조카가 옆에 와서
조르는데도 "다음에 가자"라고 했지요.
그때 우리 예쁜 조카가 펑펑 우는데 아차! 싶었습니다.
얼른 서둘러 조카를 데리고 나갔지만 그래도
상처를 준 것 같아 미안했습니다. 그때부터였습니다.
'약속은 꼭 지킬 수 있는지 생각하고,
꼭 지키려고 노력하자'라고 결심했습니다.
그만큼 말의 중요성을 알기에 뱉은 말을 지키려 노력합니다.

엄마, 나 커서 데이트하러 여기 올 거야!

꼬마 신사의 미션

아침부터 비가 내린다는 소식이 있어서 전날 새벽까지 정리하고 늦게 마감했습니다. 재료를 체크해서 아침 일찍부터 재료를 사러 다니느라 분주했습니다. 준비를 마치고 손님을 기다리는데 한 꼬마 신사가 엄마 손을 잡고 들어옵니다. 공간이 신기한지 연신 두리번두리번합니다. 잠시 후, 주차를 마친 아버지가 들어오고 셋이서 오붓하게 식사를 즐깁니다.

아들이 잘 먹으니 엄마·아빠도 덩달아 기분이 좋은 것 같습니다. 역시 꼬마 손님들의 입에는 포모도로가 딱 맞나봅니다. 새콤달콤한 감칠맛이 좋은 것이겠죠. 궁금한 것도 많아서 먹으면서 이것저것 물어봅니다. 비가 오는데도 우리 손님들이 만석으로 자리를 채워주셔서 홀에 따뜻한 '온기'가 가득 찼네요. 우리 꼬마 신사가 식사를 마치고 엄마를 물끄러미 보더니, "엄마, 나 커서 데이트하러 여기 올 거야~!"라고 말합니다. 뜬금없는 우리 꼬마 손님의 선포에 레스토랑 전체가 웃음바다가 되었습니다.

남기는 글

우리 꼬마 손님들이 남기는 말은 저에게 큰 미션이 됩니다.
본인들 기억에서는 잊히겠지만요.
만약 우리 어린이들이 그걸 기억하고 장성해서 오면 어떨까요?
그때까지 저도 밀라노기사식당을 오래오래 운영하고 싶습니다.
우리 꼬마 손님이 성장한 모습도 보고 싶고,
여자친구와 손잡고 데이트하러 오는 것도 보고 싶습니다.
그날까지 건강하게 그리고 옳고 바르게
한 발씩 걸어 나가시길 바랍니다.

05

천천히 탄탄하게 가세요

우리 손님들이 식사를 하시면서 저에게 자주 하는 말들이 있습니다. '여기 있기 아까운 가게예요', '제가 왜 이제야 알았죠?' 상권이 좋지 않기에 빛을 못 보는 게 아까워서 하시는 말씀이지만, 그렇기에 우리 손님들과 더 가까이 다가갈 수 있다고 믿습니다.

평일 저녁, 아이와 함께 부모님이 입장하십니다. 음식을 올려드리고 세 분이 편하게 식사하시게 자리를 비켜드렸습니다. 남편분이 아내와 아이에게 음식을 덜어주고 먹여주는 모습이 보기 좋네요. 어느 정도 식사를 하셨을 때 음식은 괜찮으신지, 불편한 건 없는지 여쭤보러 나갔습니다. 그랬더니 "셰프님~! 제가 왜 여길 이제야 알았죠?"라고 말씀하십니다. "따로 홍보를 하지 않아서 그럴 겁니다. 때로는 홍보를 해야 할까 고민도 많이 해요"라고 말씀드리자 이런 말씀을 해주십니다.

"셰프님. 힘드시겠지만, 조금 천천히 탄탄하게 가시는 게 좋으실 것 같아요. 요즘 워낙 빠른 세상이긴 하지만요. 코로나도 있고 좀 더 늦어지긴 하겠지만, 그래도 갈 수밖에 없는 곳은 언젠가는 찾아가게 되더라고요"라고 말씀하십니다. "사람들이 음식을 먹고 누군가에게 소개하고 재방문을 한다는 건 쉬운 것 같으면서도 쉽지 않습니다. 곧 자신의 입맛이 어느 정도인지 말해주거든요"라는 말씀도 잊

지 않으십니다. 그냥 한마디라고 하기에는 코로나 시기에 수없이 흔들린 제 마음을 잡아주는 큰 울림이 있는 말씀이었습니다.

남기는 글

코로나로 인해 수없이 흔들렸습니다. 정말 막막할 때는
홍보라도 해야 하나 하는 생각에 많이 흔들렸습니다.
하지만 그럴 때마다 손님들이 저를 잡아주셨습니다.
힘들겠지만 '천천히 탄탄하게'는 운영하는 입장에서
쉬운 선택은 아닙니다. 기본을 근간으로 하는 '정도경영'은
쉬운 길이 아닙니다. 당연히 홍보를 해야 합니다.
노출이 되어야 손님들이 오시니까요.
그럼에도 이곳은 우리 손님들의 입소문과 추천으로
발걸음이 쌓입니다. 많은 손님이 그렇게 말씀하시니
그 길이 저랑 '맞다고' 생각합니다.
그래도 홍보할 여력이 있으면 해야겠지만요!

06

오래된 인연, 깊은 만남 그리고 저의 이야기

중고등학생 때의 인연
〰

저는 사람을 많이 만나는 성향이 아닙니다. 두루두루 알려고 하지만 굳이 '인맥'을 만들려고 노력하는 타입은 아닙니다. 대신 사람을 사귐에 있어 상대방에게 폐를 끼치지 않는 범위에서 다가가려고 노력합니다. 사람마다 각자 정해놓은 안 보이는 '기준선'이 있으니까요. 그런 저의 성향 때문인지 오랫동안 만나도 즐겁고 또 오랜만에 만나도 어제 만난 것 같은 기분이 드는 벗이 많습니다.

아내의 친구이자 나의 선배이기도 한 누나들. 한 명은 필리핀에서 사업을 하고, 다른 한 명은 명리학을 공부합니다. 누나들을 보면 다시 중고등학교 시절로 돌아갑니다. 학생들 눈에는 아줌마로 보일지 모르지만, 제 눈에는 고등학교 시절 풋풋하던 모습 그대로입니다. 둘 다 자주 얼굴을 볼 수 있지 않기에 왔을 때 이것저것 잔뜩 먹여 보냅니다. 그럼 또 동생이 한 음식이라고 배가 찼는데도 부지런히 먹습니다.

커피 한 잔을 따라주면서 이야기를 나누다가 누나들이 "너희 커플 주변에서 반대가 참 심했는데, 잘 이겨내고 멋지게 살아가네. 잘 만났어~!"라고 합니다. 저도 공감합니다. 21살부터 10년을 넘게 연애를 했습니다. 가진 것 없고, 대학원을 다녔고, 연하였던 까닭에 양가 부모님을 비롯한 주변에서 반대가 심했습니다. 그나마 제가 밀고 나갈 수 있었던 건 아내

가 제 손을 잡아줬기 때문입니다. "우리 아내가 그러는데, 연하남 하면 책임감이 없다고 생각하지만 그건 아니래. 나이와 상관없이 그 사람의 성향과 품행이 중요하다고 그랬어!"라고 했더니 정작 누나들은 제 말투가 오글거린답니다. "어휴~, 너는 그 아내 소리 좀 안 할 수 없니?"

남기는 글

귀하게 얻은 아내입니다. 그렇기에 아내와 있는 시간이
제일 소중하네요. 당연히 다툼도 있습니다. 그렇더라도
서로에게 비수가 되거나 예의에 어긋나는 행동은 안 합니다.
그래야 부부가 되니까요. 부부는 언제나 예의가 필요합니다.

07

이 공간을 잘 가꿔주셔서 감사합니다

30년 전, '추억이 방울방울'

저녁 무렵, 어린 아들을 둔 부부가 들어오셨습니다. 남성분이 계속 홀을 두리번두리번합니다. 많이 신기해하십니다. 음식 주문은 뒷전이고 계속 실내만 보니까 같이 오신 아내분이 "여보, 주문!" 이렇게 짧고 강하게 말씀하십니다. 순간 정신이 들었는지 그제야 "아…, 주문해야지." 하시네요.

음식을 주문하고 즐겁게 식사하십니다. 특히 아이가 너무 잘 먹습니다. 그 모습을 본 부모님도 너무 좋아하네요. 찾아주신 고마움에 인사차 "입맛에 맞으시나요?" 하며 다가갔습니다. 그랬더니 남성분께서 뜬금없이 "셰프님~! 이 공간을 이렇게 멋지게 꾸며주셔서 감사합니다"라고 하십니다. 그래서 저는 인테리어가 마음에 드시나보다 생각했습니다.

그런데 이어지는 말씀에 깜짝 놀랄 수밖에 없었습니다. "사실 제가 이곳에 살았었거든요. 1988년엔 여기가 가정집이었습니다. 출입문은 저기였고요. 이쪽이 작은방, 요기가 큰방 그리고 저기가 부엌, 여기가 화장실…" 하시는데 마치 다시 꼬마시절로 돌아가신 것 같았습니다. 지금의 테라스를 운동장 삼아 공놀이한 이야기. 지하 창문을 깨서 엄마한테 엄청 혼난 이야기 등…. 그러면서 너무 해맑게 웃으십니다. 왜 그렇게 홀을 두리번거리셨는지 이제 이해가 갔습니다. 감회가 새로운 거겠죠. "옛

날 살던 곳이 가끔 생각나더라고요. 그래서 아내와 아이를 데리고 보러
왔습니다. 이렇게 훌륭하게 꾸며진 레스토랑이 있어서 너무 행복합니
다. 셰프님, 이 공간을 잘 가꿔줘서 다시 한번 감사드립니다."

남기는 글

말로 표현하기 힘든 묘한 감정이었습니다.
이 공간의 30년 전 역사 그리고 30년 전 구조까지….
저도 손님의 추억 속으로 같이 들어갔다 나온 것 같습니다.
요즘은 다 재개발을 하다 보니 추억이 있는 공간이
많이 사라지고 있습니다. 이곳 밀라노기사식당도
재개발 때문에 시끄럽습니다. 재개발된다면
지금의 자리도 사라지겠지요. 그래도 제가 있는 한
밀라노기사식당은 결코 사라지지 않습니다.
지금 여기서도, 제가 어디를 가더라도 우리 손님들의 삶에서
좋은 '추억 한 장'을 만들어 드리고 싶습니다.

08 🎨

오빠! 정말 꿈을 이뤘네요?

"부끄럽고 싶지 않았어…."
　⌣　⌣

　　어느 날 대학 후배가 남자친구와 함께 레스토랑을 찾았습니다. 제가 대학원 시절 제 실험과목 수업을 듣던 후배입니다. 이제는 성숙한 여인이 되었지만, 아직도 제 눈에는 스무 살의 어린 여대생으로 보입니다. 그런 후배가 "오빠! 정말 꿈을 이뤘네요?"라며 신기하게 저를 쳐다봅니다. 그래서 제가 "내가 그렇게 레스토랑을 하겠다고 말을 많이 했었니?"라고 했더니 고개를 연신 끄덕거립니다.

　　대학원 시절은 논문과 실험으로 눈코 뜰 새 없이 바빴습니다. 그런데 석사임에도 연구실장을 하게 되어 잡무에 강의까지 해야 했죠. 제 실험이 끝나고도 강의 자료를 새벽까지 찾았습니다. 그렇게 만든 자료는 빈 강의실에 들어가서 적어도 수십 번은 연습했습니다. 후배들에게 조금 더 쉽게 이해시키려고요. 그리고 무엇보다 그들의 시간을 '낭비'하게 하고 싶지 않았습니다. 그렇다고 폼을 잡고 싶은 마음도 없었습니다. 부족함이 많을 수는 있지만 최선을 다해 준비해서 '성의 없다'고 느끼게 하고 싶지 않았습니다. 스스로에게도 부끄럽지 않고 싶었습니다.

　　"오빠, 그 당시 말괄량이인 저를 잘 지도해줘서 고마워요"라는 말에 "좋은 선배라고 생각해 줘서 나도 고맙다." 하며 마음을 담아 답했습니다. 완벽하지 않은 사람이지만 군대, 학교 그리고 회사를 거치면서 "당신이 내 선배라서 고맙습니다"라는 말을 종종 들었습니다. 그럴 때는 뿌듯함보다 저 자신의 부족함 그리고 잘해준 것보다 아쉬웠던 부분이 많이 생각났습니다. "내가 선배로서 남기고 싶었던 모습이 있었어. '잘난 선배'는 못하겠더라. 자신 없었거든. 그래서 난 부끄럽지 않은 사람이 되고 싶었어. 적어도 이 사람한테는 한 가지라도 배울 게 있구나! 하는 사람 말이야." 했더니 "오빠답네요. 인상은 유해졌는데 하나도 변하지 않았네요"라며 웃습니다.

남기는 글

오랜만에 만난 후배한테 좋은 인(人)향이 납니다.
사회생활을 하다 보면 많은 희로애락을 겪습니다.
그 안에서 자신의 인 향을 어떻게 가꿀지 고민하지요.
우리 후배는 자신의 향을 잘 가꿔가는 것 같습니다.
모쪼록 언제 다시 보아도 그 밝고 씩씩한 향을 간직하길 바랍니다.
먼 길 찾아준 후배에게 다시 한 번 감사하다는 말을 전합니다.

다정한 부녀

디너 중반부에 한 여성분이 들어오셨습니다. 실내 공간이 마음에 드시는지 연신 사진을 찍으시네요. 사람도 없고 아직 일행도 안 오신 것 같아 잠시 그대로 뒀습니다. 잠시 후, 일행분이 들어오십니다. "아빠~!" 하고 부르시는데 아버님이 들어오시다가 출입문에서 멈칫하십니다. 그러더니 다시 밖으로 나갔다가 안으로 들어오시면서, "아니…, 기사식당이라고 하지 않았어?"라고 물어봅니다. 따님은 "아빠~, 콘셉트만 그런 거야!"라고 설명해주십니다. 따님께서 많이 찾아보고 오셨는지 제가 원두커피 연구원이었던 것까지 알고 계셔서 깜짝 놀랐습니다. "셰프님! 요즘 왜 커피는 안 하세요?"라는 질문에 "저는 파스타만 더 잘하려고요. 커피는 주변에 잘하시는 분들이 많습니다"라고 답해드렸습니다.

'상생'은 제가 생각하는 중요한 삶의 지표 중 하나입니다. 제가 다 할 수도 있지만 혼자 다하려다 보면 탈이 나는 법이라 생각합니다. 그래서 식사를 하신 손님들께 주변 카페를 소개해드리곤 합니다. 그러면 생각지도 않던 일이 생깁니다. 그 카페 사장님들이 밀라노기사식당을 추천해주시곤 하더군요. 주변 카페 사장님들이 많이 드셔보고 가신 모양입니다.

부녀가 간만에 시간을 보내는 중인 것 같습니다. 그

분위기를 더 즐기시라고 커피 한 잔 올려드렸습니다. 아버님께서 나가
시면서 "덕분에 딸과 좋은 추억을 만들었습니다. 감사합니다"라고 말
씀해주셨습니다. 그렇게 가시는 줄 알았는데, 따님이 다시 들어와서 귤
한 망을 저에게 주시네요. "요 앞에서 저희 먹을 것 사면서 셰프님 드리
려고 사 왔어요." 하면서요.

남기는 글

마음 따뜻하게 잘 받았습니다. 덕분에 피로가 풀렸습니다.
다정한 부녀의 모습이 보기 좋았습니다.
시간이 지나도 '지금, 이 순간' 가장 좋은 추억이셨길 바랍니다.
살펴 가세요~!

엄마의 마음

"아들 군대 복귀 전에 맛있는 거 먹이고 싶어서 왔어요."

이제 정말 '코로나가 점점 풀리는구나!'라는 생각이 부쩍 듭니다. 위드 코로나를 시행하기 전부터 전반적으로 분위기가 들썩였으니까요. 다시 가족끼리 많이들 찾아주시니 공간에 활기가 도는 것 같아 좋습니다. 비었던 시간보다 만석으로 채워지는 시간이 늘어나면서 저 또한 이 위기가 금방 끝나기를 바라게 됩니다.

늦은 점심에 어머니와 남매가 들어옵니다. 누나분이 전에 한번 오셨던 기억이 납니다. 오시는 손님들을 잘 살펴보면 재방문 손님이 꼭 한 명씩은 있습니다. 오셨던 손님이 다음에는 다른 손님을 데리고 오시는 것입니다. 기억해주시는 것에 감사하다는 생각이 가장 크게 듭니다. 오늘 손님도 누나가 맛집을 추천하고 동생과 어머니가 따라오신 것 같습니다. 전주비빔과 순두부강된장 파스타를 드시면서 어머님과 남동생 얼굴에 미소가 번집니다. 그걸 보고 있던 누나는 가슴을 쓸어내리면서 그제야 기분 좋게 큰소리칩니다. "거봐~! 맛있지?"

제가 옆으로 다가가자 어머님이 "정말 잘 왔네요. 오늘이 아들 군대 복귀하는 날입니다. 아직 들어간 지 얼마 안 돼서 나온 휴가인데, 요즘은 휴가도 면회도 쉽지 않다 보니 맛있는 거라도 좀 먹여서 들여보내고 싶었어요. 정말 오길 잘한 것 같네요. 아들이 너무 맛있다고 합니다"라고 말씀해주셨습니다.

남기는 글

제가 입대했던 2006년 1월. 그때보다는 군 생활이 좋아졌고,
기간도 짧아졌다고 합니다. 음…, 그래도 군대는 군대입니다.
그 공간에 있는 것만으로도 힘든 시간입니다.
'자신의 가장 젊은 시간'을 갇혀있어야 하니까요.
계산하고 나가시는 길에 아드님께 "제대하는 그날까지
몸 건강하시기 바랍니다"라고 인사 드렸습니다.

여기 어린이 혼자 와서 먹어도 되나요?

나란히 서는 자전거 두 대

늦은 점심. 자전거 두 대가 가게 앞에 멈춰섭니다. 잠시 후, 엄마와 초등학생으로 보이는 아들이 들어옵니다. 엄마는 정통 라인으로 주문하려고 하는데, 아들이 잽싸게 "잠깐! 나 이거 맛있을 것 같아. 이거 먹을래!" 하면서 순두부강된장 파스타를 지목합니다. 오늘 처음 오셔서 잘 모르는 것 같아 "혹시 인터넷에서 이미지는 보고 오셨나요?"라고 여쭤보니 역시 모른다고 하십니다. 그래서 대표적인 메뉴 몇 가지를 이미지와 함께 설명해 드렸더니 시그니처로 마음이 바뀌셨습니다. "밀탕과 순두부강된장 파스타 주세요~!" 음식을 준비해 올려드렸더니 아들이 한입 먹어보고는 입에 맞는지 쉴 새 없이 먹습니다. 그 모습을 본 엄마도 한입 드시더니 "천천히 먹어~." 하시네요.

빠른 속도로 식사를 마친 아들은 엄마와 저를 번갈아 봅니다. 그래서 '무슨 할 말이 있나?'라는 생각이 들어 "뭐 필요한 거 있으세요?" 하자 "음…, 저 혹시 여기 어린이 혼자 와서도 먹을 수 있어요?"라며 진지하게 묻습니다. 순간 엄마와 제 눈이 마주치고 웃음이 터졌습니다. 혼자 와서 먹어도 좋지만 아직 어린아이가 지불하기엔 부담되는 가격이지요. 어떻게 대답을 해줘야 하나 고민하던 사이에 어머니께서 "혼자 찾아와서 계산하고 먹고 집으로 돌아올 수 있다면 충분히 가능하단다.

그전에는 먹고 싶으면 엄마한테 이야기하고~"라며 현명하게 말씀해 주시네요. 그리고 저를 보면서 "아이가 순두부강된장 파스타에 반했네요. 저는 밀탕이 너무 맛있었습니다. 원래대로 먹었다면 아마 후회했을 거 같아요. 정말 즐겁게 잘 먹었습니다"라고 말씀해주셨습니다.

남기는 글

마포에서 여기까지 자전거를 타고 오셨답니다.
멀리도 오셨네요! 그래도 음식을 '즐겁게' 드셨다니 다행입니다.
음식을 만드는 입장에서는 손님이 '즐거움'을 느끼셨다면
그걸로 충분히 행복합니다. 저도 두 분 덕에 즐거웠습니다.
조심히 가세요~.

언제나 뒤에 서 있어준 형
그리고 시작을 도와준 동생들

"언제나 뒤에 형이 있다. 잊지 마!"

대학교 선배. 처음에는 어렵고 까마득히 높아 보였습니다. 그러다 대학원 시절 선배와 커피를 마시면서 이야기할 기회가 있었습니다. 그렇게 서로 이야기를 하다 보니 담소가 길어졌습니다. 선배는 회사에 다니면서도 종종 학교를 찾았습니다. 그리고 멀어 보이던 사이가 점차 가까워졌습니다. 어느샌가 '선배'보다 '형'이라는 호칭이 편해졌을 만큼요.

회사를 그만두고 레스토랑을 준비한다는 말을 했습니다. 어느 날 형이 저에게 "물건은 다 샀니?" 하며 물었습니다. "아니 아직…." "그럼 리스트 작성해 놓은 건 있어?" 그렇다고 하니 좀 보자고 합니다. "꼼꼼하게도 준비했네…"라는 한마디와 함께 알겠다는 대답이 돌아옵니다.

그로부터 며칠 뒤, 집 앞에 택배기사님이 도착해서는 "오늘 제 택배 물품의 절반이 이 댁 거네요"라고 하셨습니다. 그래서 아내한테 "혹시 택배받을 거 있어?"라고 물어봤더니 아내도 모르는 일이라고 합니다. 저도 시킨 물품이 없어서 갸우뚱하며 "우리 집 맞아요?"라고 물었더니 확실하다고 하십니다. 보낸 사람을 보니 바로 형이었습니다. 잠시 후, 문자가 옵니다. '물건 잘 받았니? 형이 도와줄 건 없고 네가 필요할 것 같은

물품 좀 보냈다. 그 돈 아껴서 레스토랑 준비하는데 부족한 부분 더 챙겨라.'

문자를 확인하자마자 형한테 전화를 했습니다. "형…, 이게 얼만데…"라고 하니 "그래서 별로야?"라고 물어봅니다. "아니…, 아니 좋아!"라고 했더니 "그럼 됐어~! 네가 좋다고 하니 형도 기분 좋다. 몸 상하지 않게 잘 챙기면서 해. 알겠지? 그리고 잊지 말어. 형이 항상 뒤에 있다는걸. 그럼 일하러 가야 해서 끊는다!"

방향을 못 잡던 처음을 같이 해준 여동생

대학원 동기 그리고 지금은 한 회사의 대표인 여동생이 있습니다. 이 여동생도 저에게 많은 도움을 준 사람입니다. 창업을 결심하고 사업계획서를 작성했지만 누구를 찾아가야 할지 모를 때 여동생이 생각났습니다. 그래서 연락했더니 흔쾌히 사무실로 오라고 합니다. 다른 때와 다르게 긴장이 되는 건 어쩔 수 없는 것 같습니다. 동생과 약속을 한 시간에 맞춰 사무실로 갔습니다. 긴장한 제 마음을 안 건지 "오빠, 우선 커피 한잔해요. 그리고 그냥 편하게 해요. 오빠 잘해왔잖아"라며 다독여줍니다.

아무리 제가 열심히 작성했어도 중구난방이었던 사업계획서였습니다. 그걸 다른 사람의 눈으로 확인하고 검토받으니 확연히 깔끔해졌습니다. 그 와중에도 시작하는 제가 기죽거나 용기 잃지 않게 말도 조심하고 잘 보듬어 준 동생. 대학원 때도 그랬던 것 같습니다. 석사임에도 얼떨결에 하게 된 연구실장. 열심히 하려고 노력은 했지만 가끔은 숨이 막

힐 때도 있었습니다. 그럴 때마다 동생은 "오빠~! 산책이나 한 바퀴 할래요?"라고 말을 걸어주곤 했습니다. 이렇게 제가 항상 초조할 때 의지가 되었던 여동생입니다.

메뉴를 같이 고민해주던 친구

전문대 시절 대학 동기. 나이는 어리지만 한 기업의 공장장을 하고 있습니다. 그만큼 추진력과 결단력이 남다른 친구입니다. 아마 메뉴 디자인은 이 친구가 없었으면 쉽지 않았을 겁니다. 지금은 여러 디자인을 조금 자유롭게 하지만 처음에는 쉽지 않았거든요. 한걸음 걸어가니 두 번째 걸음은 조금 나을 뿐이지, 첫걸음을 내딛기가 너무나 어려웠습니다.

이 친구도 주말이면 쉬고 싶을 텐데도 같이 시장조사를 나가기도 하고, 메뉴 개발도 옆에서 도와줬습니다. 너무 어려워 포기하려고 할 때 "형! 조금 쉬었다 다시 하자. 할 수 있어!"라고 '마침표'가 아닌 '쉼표'를 주면서 다시 달리게 했습니다. 그래서인지 모든 메뉴가 최종적으로 완성되었을 때 이 친구가 가장 많이 떠올랐습니다. 그저 저와 같이 무엇인가 한다는 게 '학창 시절'로 돌아간 기분이어서 즐거웠다고, 형이 잘되었으면 좋겠다고 하는 친구입니다.

저는 '완벽한 사람'이 아닙니다.

그리고 '잘난 사람'도 아닙니다. 많이 '부족한 사람'입니다.

부족해서 주변에 많이 물어보고 경청하면서 살아갑니다.

완벽하지도 않고 잘난 것도 없지만

그럼에도 불구하고 주변 많은 사람들이 도와줍니다.

정말 아무 것도 없던 우리들이지만 사회에서 어느 순간

각자의 자리를 만들어 갑니다. 내가 아무것도 없을 때

사람을 만든다는 건 중요한 것 같습니다.

그 사람들은 '나'를 봐주니까요. 그리고 같이 성장할 수 있으니까요.

언제나 저를 응원해줘서 고맙습니다.

덕분에 코로나에도 무사히 운영하고 있습니다.

13

말없이 부족한 부분을 챙겨준 사람들

어느새 아이 엄마가 된 친구

〰〰

　스무 살에 만나 허물없이 잘 지냈던 친구가 있습니다. 레스토랑 인테리어가 한창일 무렵, 불현듯 그 친구가 가게로 찾아왔습니다. 실내를 전반적으로 쭉 훑어보더니, "너 메뉴들 다 적어서 줘봐. 그리고 명함도 만들어서 줄게"라는 말을 툭 던집니다. 영국까지 유학을 다녀온 친구. 하고 싶은 것도 많지만 무엇보다 아이를 너무 좋아합니다. 이 친구를 보면 '정말 아이를 너무 사랑하는구나'라는 게 느껴집니다.

　그 후로도 메뉴판 디자인부터 명함 그리고 작은 소품들을 만들어서 종종 가져오곤 합니다. 재료비나 뭘 챙겨주려고 하면 "그냥 파스타 한 그릇이나 줘~!" 이럽니다. 지금은 재료비라도 챙겨줄 수 있어서 다행입니다. 아이를 기르면서 자신도 여유가 없을 텐데 마음을 많이 써주는 친구가 고마울 따름입니다.

　코로나 4단계일 때는 부러 와서 식사를 하면서 "요즘 같은 때는 돈 좀 받자! 응?"이러면서 손에 쥐여주고 가는 친구. 저도 이제는 친구 간식비라도 챙겨주려고 합니다. 조금은 그래줄 수 있을 것 같습니다. 마음 써준 덕분에 그만큼 성장을 했으니까요.

"난 무조건 오빠 가게!"를 외치는 목동 아가씨

목동에 사는 여동생은 사실 이쪽으로 올 일이 별로 없습니다. 여기는 번화가도 핫플레이스도 아니니까요. 그런데 제가 레스토랑을 오픈하니 주변의 모든 친구와 지인들을 데리고 굳이 찾아옵니다. "일단 난 무조건 오빠 가게!!"를 외치면서요. 그렇게 무리할 필요는 없다고 말하면 "무리 안 해. 오빠 음식이 맛있으니까 오는 거야"라고 이야기합니다. 그렇게 시작을 함께 해 준 여동생입니다. 차츰 손님이 늘어나니 동생의 발걸음이 뜸해집니다. 그래서 "요즘은 왜 조용하니?"라고 물어보자, "오빠 바쁜데 괜히 내가 가면 귀찮지 않겠어?"라며 웃어줍니다.

남기는 글

지금은 둘째를 임신한 친구 그리고 항상 응원해주는 여동생.
둘은 내가 힘들 때 말없이 옆에 와서 곁을 지켜주고,
자리를 잡아가니 괜히 피해가 될까 멀찍이서 바라봅니다.
이 사람들에게 꼭 하고 싶은 말이 있습니다. "처음 시작과 힘든 시기에
곁에 있어 줬던 것처럼 언제든 오고 싶을 때 와!
잘되든 안 되든 상관없어. 너희들이 있어 줘서 지금의 나도 있으니까.
우리 맛있는 음식 먹으면서 지금처럼 같이 나이 들어가자!
보이지 않게 해준 배려. 처음에도 지금도 앞으로도
가슴에 간직하고 있을게. 너무 고맙다!!"

14

과는 다르지만 언제나 곁에 있어 준 대학 친구들

곰같이 우직하게 그리고 든든하게

근로장학생 때 우연히 알게 된 인연이 있습니다. 이 친구는 자동차학과이고 저는 식품공학과라 어떤 공통점도 없지만, 그저 같이 있으면 편안한 친구입니다. 별말 없이 그저 옆에 있기만 해도 말이죠. 제가 코로나 시기에 레스토랑을 시작한다고 하니 걱정이 많이 된 모양입니다. 그래서 편히 움직이지 못하는 저를 위해서 발이 되어줬습니다. 친구가 사는 집은 저와 정반대임에도 "충청도에 요즘 실치회 철이래. 가족들 먹이려고 사오다가 너희 부부 생각이 나서…" 하며 손에 쥐어주고 갑니다. 어느 날에는 "강동구에서 맛있는 족발이래. 먹어봐. 나 간다!" 그러고 사라집니다. 대학 졸업과 동시에 결혼해서 두 아이의 아빠가 된 몸이라 자신도 힘들 텐데 말입니다.

하루는 제가 음식을 잘못 먹었는지, 장염 증세가 있었습니다. 새벽 내내 아프다가 병원에 갔지만 탈수증상 때문에 걷기조차 힘들었습니다. 그렇게 오전에 잠시 쉬고 저녁은 어떻게든 운영해보려고 가게로 출근했습니다. 그런데 가게 앞에 친구가 서 있었습니다. 어쩐 일이냐고 제가 묻기도 전에 "너 그 꼴하고 내려올 줄 알았다. 들어가자." 하면서 가게로 같이 들어오더니 오픈 준비를 도와줍니다. 항상 그랬습니다. 표현은 잘 안 하지만 늘 마음을 써 주던 친구.

경영학과였던 또 다른 친구는 교양수업에서 처음 만났습니다. "난 네가 잘되었으면 좋겠다, 정우야"라고 늘 말해주는 친구. 우리 세 명 중에 제일 배려심이 많고, 이야기를 잘 들어주는 친구입니다. 그래서 늘 고맙습니다. 그렇게 순둥순둥한 친구는 '매콤한' 아가씨를 만나 결혼하고 아이를 낳고 살아갑니다. 특히 제수씨가 제 음식을 너무 좋아합니다. 그렇게 친구 가족이 올 때마다 제수씨가 친구를 들었다 놨다 합니다. 친구는 어쩔 줄 몰라 하고, 저는 그 모습을 보면서 웃음이 멈추질 않습니다. "오빠! 제가 매콤한 여자라고요? 우리 남편이 그래서 저를 좋아하나 봐요~!"라고 당당하게 말합니다. 어쩌면 순둥순둥한 친구에게 결단력 있는 제수씨가 있어서 다행인 것 같습니다.

남기는 글

대학생 때 외롭지 않고 항상 즐거웠던 건
곁에 있던 친구들 덕분입니다. 서로 생일이면 뭘 챙겨주기보다는
맛있는 음식을 사서 옹기종기 모여서 먹었습니다.
대학원생이 되어서 수원으로 갔을 때도 친구들이 그리우면
공릉동으로 달려오곤 했습니다. 저의 대학 시절은
이 친구들이 있어서 좋았던 것 같습니다.
항상 "너라면 잘할 거다"라고 믿어주는 나의 친구들.
지금은 각자의 가정을 꾸리면서 살아가는 친구들 모두
'언제나 행복하길' 바랍니다. 부부간에 서로 다독이면서요.
나도 그렇게 살아갈 테니 너무 걱정하지 말어~!

15

나와 닮은 그러면서 다른…
어느새 훌쩍 커버린

〰

장학회에서 만난 동생이 잠시 옆 동네로 이사 왔을 때 둘이 자주 만나 커피를 마셨습니다. 대학생 때부터 추억을 공유한 사이라 만날 때마다 그 시절로 돌아가 즐겁게 떠들지만, 문득 보면 이제는 자신의 분야에서 '두각'을 나타내는 동생입니다. 가게를 준비할 때 스윽 훑어보더니 음질 좋은 블루투스 스피커를 사 옵니다. "형~, 이거! 이게 음질이 좋아요. 그래도 레스토랑에 잔잔한 음악은 있어야죠~!"라면서 말입니다. 그 스피커 덕에 지금도 아름다운 음악이 홀을 가득 채웁니다.

동생은 일이 끝나고 집에 들어가는 길에 동네 마실 나오듯 살짝 들러봅니다. 제가 살아있는지 확인하려고요. 매번 와서는 "어휴~. 형한테 와야 응석부리지 밖에서는 제가 이러지 못하잖아요. 그래서 오는 거예요. 힘들다고 투정 부리러"라고 하지만, 사실 제가 걱정돼서 그러는 줄 다 압니다. 저렇게 말을 해도 그 마음은 고스란히 전해지니까요.

언제나 '조언'을 아끼지 않는 동생

トレン드에 민감한 또 다른 동생. 기업 홍보팀에서 일하고 있는 이 동생에게 가끔 트렌드 흐름을 배웁니다. 거리가 조금 멀지만 아내와 아이를 데리고 종종 옵니다. 특히, 거리두기가 강화될 때마다 "이 형또 우울하겠구나." 하며 찾아옵니다. 딱히 말은 하지 않지만 다독여주러 오는 것을 잘 알고 있습니다. 제수씨는 자주 못 와서 죄송하다고 합니다. 그러면 제가 "꼭 자주 와야 하는 게 어디 있어요. 그저 서로 건강하게 살고 있다는 것만 알면 되죠"라고 답해줍니다. 혹시라도 무슨 계획을 하거나 틀을 잡아야 할 때면 무조건 동생에게 물어봅니다. 그럼 동생은 자기가 알고 있는 범위나 자료에서 발췌해 자세히 알려줍니다. 결국 만들어가는 건 제 몫이지만, 언제나 '책사' 같이 옆에 있어 주는 동생이 고맙기만 합니다.

저의 성장을 기대하는 막둥이

제가 일하는 곳이면 어디든 한 번씩은 오는 우리 모임의 막내. "형! 제 여자친구예요"라고 소개해줬던 게 엊그제 같은데, 이제는 그분과 결혼해서 단란한 가정을 꾸렸습니다. 20대에 만나 40대를 바라보는 저를 보면서 항상 한 걸음씩 성장하는 형이 좋다고 하는 동생입니다. 결혼하고 멀리 이사를 했음에도 제가 그리울 때면 "형, 보고 싶어 왔어요!" 하는 막둥이. 조금은 고지식할 수 있지만 사회가 만들어 놓은 관례에 물음표를 던지면서 옳은 길을 걸어가려고 노력하고 있습니다. "나도 회사 생활하니까 어쩔 수 없지"가 아니라 "그래도 이게 옳아!"라고 생각하면서 걸어가는 동생을 보면 저 또한 스스로를 돌아보게 됩니다. '부끄럽지 않은 사람이 되어야겠다'라고 다짐하면서요.

남기는 글

언제나 저의 성장을 응원해주는 동생들입니다.
동생들이 저에게 하는 말은 '한결같다!'입니다.
20대에서 30대를 넘어 40대를 바라보는 저에게 하는 말.
그 '한결같다'라는 말을 저는 좋아합니다. 한결같다는 말은
'변하지 않는다'가 아닙니다. 세상이 변함에 따라 흐름에 맞춰
나를 성장시키지만 근본은 지키는 것.
동생들이 바라보는 저의 모습은 '성실하게 노력하는 사람'이랍니다.
이렇게 저를 지켜보는 동생들이 있어 저 자신을 더 돌아봅니다.
'부끄럽지 않고 하나라도 배울 게 있는 사람'이 되기 위해서요.
언제나 옆에서 지켜주는 동생들에게 고맙다고 말하고 싶습니다.
그 한마디로는 여전히 부족하지만 말입니다.

16

11년의 연애 그리고 결혼

스물한 살에 만나 지금까지 함께 걸어온 아내. 우리는 학생이었고, 당연히 돈이 부족했습니다. 그럴 때 아내는 도시락을 싸와서 함께 먹고, 조조영화를 보고, 이야기를 나누면서 걷는 데이트를 좋아해 줬습니다. 20대를 같이 했기에 전부 담을 수조차 없는 추억이 많습니다. 처음에는 풋풋함에 서로 좋았습니다. 시간이 흘러 사회라는 곳에 나와 현실을 깨닫고 보니 저는 아직도 '빈손'이었습니다. 아무것도 없었기에 고생길이 훤히 보였고, 양가의 반대도 심했습니다. 저조차 그 마음이 이해되었습니다.

그럼에도 불구하고…

아내는 그럼에도 내 손을 잡아줬습니다. 아무것도 없는 인간 '박정우'를 있는 그대로 봐줬습니다. 그런 사람이 옆에 있다는 것에 너무나 감사했습니다. 그렇게 우여곡절 끝에 결혼을 했습니다. 그리고 회사를 다니면서 월급이 생기니 그것만으로도 만족했습니다. 둘이 얼굴 마주 보며 밥을 먹을 수 있다는 것으로도 충분했습니다.

"난 당신이 행복했으면 좋겠어."

회사에 다니면서 차분히 저의 임무를 따랐습니다. 그러나 회사라는 곳은 수뇌부의 의논에 따라 제 업무가 바뀌는 상황이 많았습니다. 회사가 적성에 맞는다면 좋았겠지만, 그러지 못해 받는 스트레스가 컸습니다. 그러면서 하반신에 마비가 오고, 이석증이 생기고, 무릎에 물이 차는 등 많은 병이 한꺼번에 몸을 무너뜨렸습니다. 그래도 가장이니까 책임감에 '월급'을 벌어야지 했습니다.

그러던 어느 날, 아내가 문득 "있잖아. 난 당신이 행복했으면 좋겠어. 우리 둘이 뭐라도 하면 돈 200만 원은 벌지 않을까? 그러니 혼자 너무 무리하지 마요. 당신 하고 싶은 걸 했으면 해요"라고 말해줬습니다. 그렇게 16년을 꿈꿔왔던 작은 레스토랑을 열 수 있었습니다. 하지만 시작한 시기가 좋지 않다 보니 힘든 시간의 연속이었습니다.

코로나로 정말 극한에 몰렸을 때, 아내가 다시 물었습니다. "당신은 같은 상황에서 회사원일 때가 좋아? 아니면 지금이 좋아?"라고요. 근데 무슨 생각이었을까요? 전혀 망설이지 않고 "지금!"이라고 대답했습니다. 다른 생각조차 들지 않았습니다. 너무 힘든 시기인데도 지금이 좋다고 대답을 하다니…. 그러자 "그럼 됐어~!"라고 아내가 말해줬습니다. 지금에서야 이야기해준 것이지만 늘 긴장하면서도 음식을 만드는 모습이 너무 행복해 보였다고 합니다.

남기는 글

아내에게 결혼식 때 약속했습니다.
"가진 게 없어서 고생은 시킬 것 같아 미안해.
미안하다는 말은 이번만 할게. 먼 훗날에 우리가 나이 들었을 때
당신이 '나를 만나 한평생 행복했어!'라는 말을 할 수 있도록
평생 노력하면서 사랑할게."
언제나 속 깊고 저에게 웃음을 주는 사람.
돈 많이 벌어서 물질적인 고생을 안 시키겠다는 게 아닙니다.
그저 둘이 사는 데 별 탈 없이 먹고 살 수 있으면 족합니다.
한 평생 살아가는 동안 '마음 고생' 안 시키면서 말이죠.

17

어려운 세상, 그래도 나답게

삶을 살다 보면

20대에는 대학만 들어오면 다 해결될 줄 알았습니다. 20대 후반에는 취업만 하면 다 끝날 줄 알았습니다. 그리고 결혼을 하면 모든 게 마무리되는 줄 알았습니다. 그런데 아니었습니다. 대학생 때는 내가 가야 할 방향을 몰라 길을 헤맸습니다. 성적에 맞춰 들어온 학과가 적성에 맞는지 안 맞는지 알 수 없었으니까요. 그렇다고 어렸을 때부터 진로에 대해서 명확하게 생각을 해본 적도 없었습니다. 그래도 대학을 들어오면서 알게 된 한 가지는 내가 '요리'를 좋아한다는 사실이었습니다.

대학원을 졸업하고 취업하면 앞으로는 걱정이 없을 거라 생각했습니다. 그런데 아니었습니다. 회사에 다닌다고 모든 것이 해결되는 게 아닙니다. 제가 하고 싶은 일을 마음껏 할 수 있는 것도 아닙니다. 그저 회사에서 원하는 일만 하고 직속 상사의 '장기말'이 되어 움직일 뿐이었습니다. 그리고 결혼하면 어느 정도 마무리될 거라는 생각도 틀렸습니다. 아내와 결혼을 하고 심리적인 안정감은 생겼지만, 앞날을 고민하는 것은 똑같았습니다. 회사에서 내가 생각하는 가치관을 실현하기에는 오랜 시간이 걸립니다. 그리고 그 자리에 올랐을 때는 제가 그걸 할 수 있을 여력이 없을지도 모릅니다.

살다 보니 '나는 어떻게 살고 싶은 것인가?'에 대한 물음표를 많이 가지게 되었습니다. 이미 갖춰진 기업을 바꾸겠다는 생각은 접었습니다. 다만, 관례가 아닌 상식 그리고 옳다고 생각하지만 득이 되지 않아 가지 않는 길. 그 길을 한 번 걸어보기로 했습니다.

그게 나답다

유행을 모르기에 자신의 호흡에 맞춰 한 걸음씩 천천히 걸어가는 것. 그리고 자본주의에 돈이 필요하다는 것은 인정하지만 사람을 먼저 보는 것. 조금 손해 보더라도 내가 나눌 수 있는 범위라면 나누는 것. 사업을 하지만 너무 상업적이지 않을 것. 이런 게 저 다운 일인 것 같습니다.

18 🕯️

다시 뛸 수 있다는 희망

가을과 함께 다시 들썩이는 공간
〰️

9월이 되면서 예상치 않게 다시 분위기가 들썩입니다. 아직 방향이 어떻게 갈지 모르는 시기였음에도 불구하고 손님들의 발걸음이 많아지기 시작했습니다. 홀이 비어있는 시간보다 꽉 찬 시간이 점점 길어졌습니다. 주말에서 평일 저녁으로 평일 저녁에서 평일 점심까지 어려운 시기를 겪어가면서 자리를 차츰차츰 잡아가는 게 느껴집니다.

위드 코로나
〰️

사람들의 백신 접종률이 높아지면서 위드 코로나 바람이 불었습니다. 지금까지는 한 번도 끝이라고 생각하지 않았습니다. 그런데 이번에는 정말 끝이 올 수도 있겠다는 생각이 들었습니다. 아직 많은 손님들은 조심하시지만 그래도 잠시나마 이 분위기를 즐기고 싶어 하십니다. 거의 1년 만에 제한되었던 시간이 풀리던 날. 우리 손님들도 홀에서 대화를 나누느라 시간 가는 줄 모릅니다. 밤 22시에 마감임에도 불구하고, 조금 더 이야기하게 시간을 내어드렸습니다. 그동안 못 즐겼던 시간을 잠시나마 즐기시기를 바라면서요.

그렇게 홀에 계신 손님들을 바라보면서 저 또한 기분이 좋았습니다.

"셰프님, 죄송해요. 저희가 마감 시간을 넘겼네요!"라고 하시기에 "조금 더 즐기세요~! 저도 조금 더 손님들을 보고 있겠습니다"라고 말씀드렸습니다. 오버타임이라고 해봐야 30분 정도입니다. 정리하고 들어가서 잠을 청할 때 몸은 피곤하지만 다시금 가슴이 뜁니다. 언젠가는 다른 재미있는 공간과 음식을 우리 손님들에게 보여드릴 수 있을 거라는 희망이 가슴에 작게 피어나는 것 같습니다.

언제 끝날지 모르는 시련

〰️

사실 코로나는 언제 종식될지 모르는 질병입니다. 화가 나고 불만도 많습니다. 그런데 반대로 생각해 봅니다. 코로나 시기에 시작했음에도 '바닥'을 잘 다지고 있다고 말입니다. 그리고 '손님'을 대하는 법을 제대로 배우고, '감사하는 마음'을 항상 간직할 수 있었다고 말입니다.

동전의 양면처럼

〰️

'위기'는 항상 '기회'를 동반합니다. 마치 동전의 양면처럼 말이죠. 지금이 정말 우울한 시기이긴 하지만, 스스로 그 우울의 늪에 들어갈 필요는 없는 것 같습니다. 포기하지 않았다면, 작은 가능성이라도 남아있다면 어떻게든 버티는 겁니다. 다시 뛸 수 있게 체력을 만들면서요. 넘어지기도 하고 다치기도 할 겁니다. 그래도 뒤돌아보면 제가 걸어온 길을 볼 수 있겠죠. 그리고 성장한 저와 마주할 것입니다.

그때쯤이면 넘어지면서 다쳤던 상처도 아물 겁니다. 힘든 시기를 피할 수 있다면 피하라고 하고 싶습니다. 하지만 예기치 않게 오는 시련에 무너지지 말고 나를 일으켜 세울 수 있는 '방향'과 '방법'을 찾았으면 좋겠습니다.

쉽지는 않습니다. 쉬웠다면 다 했을 겁니다. 그래도 저는 이런 시기였기에 더 많은 생각을 했습니다. 그리고 '감사함'을 느꼈습니다. 나의 아내, 벗들 그리고 우리 손님들에게요.

정중히 감사함을 표합니다

그저 우연히 들른 작은 레스토랑일지 모르지만, 저에게는 고마운 발걸음입니다. 이곳을 찾아오시는 노력과 시간이 고스란히 느껴지니까요. 그래서 별거 아니지만 정중하게 인사 올립니다. "감사합니다." 제가 미숙해서 더 좋은 표현을 찾지 못했습니다. 그렇기에 저의 마음을 다해 올리는 한마디입니다.

주 6일에서 5일로 그리고 '예약제'로 변경한 이유

주 6일을 운영했습니다. 그러다 2022년 4월에 주 5일제로 바꿨습니다. 그동안은 제가 책임질 수 있는 범위였습니다. 그런데 4월이 되면서 분위기 조금 바뀌었습니다.

밀라노기사식당이 있는 골목은 핫플레이스가 있는 곳도 아니고 번화가도 아닙니다. 어느 날 아침, 여느 날처럼 재료를 사서 가방을 메고, 양손 가득해서 가게로 돌아오고 있었습니다. 그런데 멀리서 기다란 줄이 서 있는 걸 발견했습니다. '무슨 행사 하나?'라는 생각이 먼저 들었습니다. 그런데 그 줄을 따라 계속 걸어가 보니 우리 가게가 나왔습니다. 놀라서 얼른 동료에게 전화했습니다. "우리 어떡하지!? 오픈 한참 전인데, 손님들이 줄 서 있는데 어떡하지? 어떡하지?"

동료가 서둘러 레스토랑으로 왔고, 일단 우리가 운영할 수 있는 만큼만 입장을 시키고 최대한 정중히 말씀드리자고 이야기했습니다. 방향을 잡아야 했습니다. "우리 일단은 모시는 손님들에게만 최선을 다하자. 시간이 안 맞아 못 모시는 손님에게는 최대한 미안한 마음을 담아서 정중히 인사드리자. 안 먹었으면 아쉬움은 남겠지만, 조금 더 벌어 보겠다고 손님을 홀대하면 그때는 우리가 제대로 경영하지 못할 것 같아."

동료도 제 말에 동의했습니다. 그렇게 일주일을 운영했습니다. 녹초가 되었습니다. 저희가 준비하는 시간보다 손님이 밀고 들어오는 템포가 훨씬 빨랐습니다. 한 주를 마감하면서 동료를 보니 많이 지쳐있었습

니다. 지치는 게 맞습니다. 하루에 400~500명의 손님이 오시지만 저희
가 모실 수 있는 최대치는 80~100명이거든요. 재료가 매일매일 소진되
니 재료를 준비하는 시간도 운영시간만큼 늘어납니다. '이러다가는 우
리부터 큰일 나겠다!'라는 생각이 들었습니다. 그래서 주 5일로 바꾸자
고 동료에게 이야기했습니다. 처음에는 동료도 매출 걱정이 앞섰지만
내 생각을 잘 전하자 결국 "고맙습니다"라는 말과 함께 이해해주었습니
다. 장사는 내 사람부터 챙기는 게 먼저입니다. 나를 보고 같이 뛰는 사
람도 못 챙기면서 손님을 챙긴다는 게 말이 안 되니까요.

예약제로 변경을 고심한 건 손님들이 식사하는 걸 보고 나서였습니
다. 계속 줄을 서 있으니 다들 서둘러 먹고 일어나기 바빴습니다. 그리고
저 또한 손님들이 귀한 시간을 버리면서 계속 기다린다는 것에 미안한
마음이 들고, 심리적 부담감도 있었습니다. 사실 제일 간단한 일이었습
니다. 매출을 조금 포기하고 '사람'을 보면 되니까요.

주 6일에서 주 5일로 바꾼 것은 나의 동료를 보면서 결심한 것입니
다. 런치는 60분/ 디너는 90분으로 시간을 정하고 예약제로 바꾼 건 손
님을 보면서 결심한 것입니다. 런치는 주로 식사 위주의 손님, 디너는 와
인과 스튜 위주로 드셨습니다. 그렇게 손님들의 식사 패턴을 기록해서
시간을 나눴습니다. 정해진 시간 동안 편히 즐기시라고 말이죠. '예약제'
의 목적은 코스 요리나 비싼 음식을 판매하겠다는 것이 아니라 '정해진
시간에 소중한 사람들과 쫓기지 않고 즐겁게 음식을 드셨으면' 하는 저
희의 마음입니다.

21 🤜

9회말 2아웃 역전 만루 홈런에 찬사를 보내는 이유는!?

경험이 없는 사람입니다. 돈도 없습니다. 환경도 척박하고요. 유동 인구도 없어요. 홍보도 모릅니다. 엎친 데 덮친 격으로 '코로나'까지…. 여러분은 이런 경우 장사를 시작하시겠습니까? 많은 분은 '적기'를 기다리라고 합니다. 그런데 적기라는 게 과연 있을까요? 그 적절한 시기를 어떻게 알까요? 저는 적절한 시기는 없다고 생각합니다. 그저 꾸준히 하면서 포기하지 않으면 '적절한 때'가 오는 게 아닐까 싶습니다.

2020년 12월 겨울은 거리두기처럼 삭막했습니다. 겨울이라 밖도 추운데, 마음도 뼈마디도 추웠습니다. 그렇게 빈 곳을 혼자 지키다 마감하고 집에 들어가면 아내가 "고생했어요." 하면서 토닥입니다. 밤새 울기도 했습니다. 너무 미안해서 소리도 못 냈습니다. 호강은커녕 맘고생만 시키는 것 같았습니다.

다시 하루를 시작했습니다. '난 오늘 오픈한 거야!'라고 되뇌이며 청소하고 재료를 준비합니다. 하지만 손님은 0명. 또다시 하루가 찾아오면 '과연 손님들 기억에 남아있을까?'라는 우울한 생각이 들다가도 누군가 기억해줬으면 하고 또 열심히 청소했습니다. 시간은 많고 우울한 생각이 찾아올 때마다 일부러 책을 읽거나 메뉴를 개발했습니다. 그렇게 집에 들어갈 때도 한 분의 손님이 오실 때도 억지로 입가에 미소를 지어보려 노력했습니다. 저의 그런 노력을 조금은 알아주신 걸까요? 한 분 두 분 손님의 발걸음이 이어졌습니다. 그렇게 2021년 12월이 되자 방역패스에도 불구하고 매일 재료가 소진되었습니다.

그리고 2022년, <식스센스3> 제작진이 밀라노기사식당을 찾아왔습니다. TV를 안 보다 보니 무슨 방송인지도 몰랐습니다. 섭외 작가님도 그 사실에 당황하셨죠. 사실 그동안 방송가에서 많은 연락이 왔지만 고심했습니다. 내가 할 수 있을지 의문이었고, 준비도 안 되었는데 방송에 출연하면 오히려 독이 될 것 같았습니다. 정말 힘든 시기라 많이 흔들리기도 했습니다. 그러나 제가 부족하다는 생각에 번번이 고사했습니다. 하지만 <식스센스3>는 방송 취지와 우리 레스토랑 콘셉트가 맞아 재미있겠다는 생각이 들었습니다.

첫 사전 미팅 때 확정된 게 없다 보니 메인 작가님도 말을 아꼈습니다. 그런데 "맛있습니다!"라는 정형화된 말보다 "사장님! 음…, 제가 다른 작가들하고 다시 오겠습니다. 빈말이 아니고 진심입니다"라는 말씀이 더 감사했습니다. 어려운 시기다 보니 그런 말들이 하나하나 가슴에 더 담겼나 봅니다.

그렇게 시간이 지나고 촬영이 확정되었다는 소식을 들었습니다. 그런데 방송도 나오기 전인 3월부터 손님들이 오시기 시작합니다. 평균 50명 정도에서 100명 그리고 200명, 400명…. 점점 늘어났습니다. 녹초가 되었습니다. 이대로는 동료도 나도 죽겠다 싶었습니다. 그래서 '주 5일'로 바꿨습니다. 그리고 '예약제'로 전환했습니다. 적어도 제가 만들어가는 기업은 '가정'과 '삶'과 '일'이 공존했으면 합니다. 내가 고생했다고 내 사람까지 고생하라고 하고 싶지 않습니다. 조금은 덜 힘들었으면 하는 바람입니다.

역시나 매출은 한 달에 1~2천만 원 하락했습니다. 그래도 그 덕에 손님들은 만족스럽게 식사하십니다. 다만, '노쇼'를 하는 손님이 발생하니 저도 예민해집니다. 손님을 배려하는 저의 마음이 무시당하는 기분이 들었습니다. 그때 저의 동료가 그러더군요. "그렇게 약속을 가볍게 생각하는 한두 사람을 보지 말고 여기 공간을 채우고 있는 우리의 가치를 알아주시는 많은 손님들을 보는 게 어떨까요?" 머리를 한 대 맞은 느낌이었습니다. "맞네요. 제가 생각이 짧았습니다. 시간이 좀 걸리겠죠? 다시 이 공간을 그런 가치를 아는 손님으로 채우려면요. '성장통'이라고 생각하겠습니다!"라고 답했습니다.

제가 '사람'을 놓지 않는 것은 우리 손님들에게 배운 것입니다. 코로나라는 시련은 정말 힘들었지만, 사람들이 응원하고 격려해준 덕분에 잘 헤쳐 나가는 것 같습니다. 그리고 방송에 나왔을 때 단골손님들의 환성이 핸드폰에 가득했습니다. 아내가 처음으로 울더군요. 3년의 마음고생을 한 번에 쏟아내는 것 같았습니다. 아! 그렇지만 돈을 엄~~~청 벌지는 못합니다. 이제는 먹고 살 수 있겠다는 정도입니다.

9회말 2아웃 역전 만루 홈런에 찬사를 보내는 이유는 '짜릿한 역전극'이라서가 아니라 확률이 없는 상황, 기대조차 못하는 상황에서 '포기하지 않고 끝까지 걸어가는 소신'에 대한 응원이 아닐까 합니다.

그대들이 있어 웃고 감사했습니다. 그 마음을 간직하면서 '일신우일신' 하겠습니다.

언제나

〰

일주일에 쉬는 날은 이틀입니다. 그 쉬는 날에는 손님에게 음식을 만들어 드리지 않을 뿐, 잠시라도 가게에 나와서 이곳저곳을 살펴봅니다. 언제나 우리 손님들이 머물 때 편안하고 좋은 공간이 되도록 말이죠. 재료도 확인하고 기기도 점검해 봅니다. 영업을 하는 날에는 발견하지 못하는 것들이 한발 뒤에서 보면 보일 때가 있습니다.

여기에

〰

위급하거나 정말 '이건 안 되겠다!' 하는 것이 아니라면 혼자서 운영하는 이 공간을 지키고 있으려고 합니다. 혹여나 우리 손님들이 찾아오셨다가 헛걸음하실 수도 있으니까요. 많이 파는 것보다는 제대로 대접하는 것이 중요합니다. 제대로 대접할 수 없다면 손님께 솔직히 사정을 설명하고 양해를 구합니다. 무리해서 한 명이라도 더 받아 매출을 올리기보다는 제대로 대접해서 우리 손님이 다음에 또 발걸음하실 수 있도록 말입니다.

서 있겠습니다

～～～

그래서 우리 손님들이 "모든 것이 좋았습니다!" "셰프님, 음식에 진심이시네요!" "잘 먹었습니다!" "행복한 시간이었습니다~." 그런 말씀을 많이 하고 사람과 사람 간의 추억과 마음이 쌓이는 공간이 될 수 있도록….

밀라노기사식당 박정우는 '언제나 여기에 서 있겠습니다.'

"어서 오세요. 반갑습니다. 여기는 '밀라노기사식당'입니다"라고 우리 손님을 반갑게 맞이하면서 말입니다.

다시 돌아온 계절에는…

코로나 확진자가 수십만 명까지 늘었다가 이제는 많이 줄었지만, 여전히 끝은 보이지 않는 상황입니다. 다행히 위중증 환자는 차츰 줄어드는 추세입니다. 이제는 실외 마스크도 허용되고 숨통이 트일 만한데 언제 또다시 숨을 죽여야 할지 걱정도 됩니다. 그럼에도 몇 년간 아무것도 없이 맨손으로 겪어오면서 많은 사랑을 받았습니다. 포기하고 싶던 순간이 많았습니다. 포기를 하면 '뭘 해야 하나!?' 하는 생각도 컸습니다. 그리고 열심히 준비해도 쉽지 않다는 것을 배웠습니다.

20대에는 대학을 진학했지만 내가 뭘 하고 살아야 하는지 그리고 내가 맞게 사는지 방향을 잡지 못했습니다. 남들과 같이 학교를 졸업하고 회사생활을 하면 '제대로 살고 있는 것'이란 생각을 했습니다. 그런데 문득 그렇게 살아오다 보니 스스로 의문이 들었습니다. '이게 내가 살고 싶어 하던 삶인가?' 하고요.

그래서 오랜 시간 꿈꿨던 작은 레스토랑을 오픈했습니다. '열심히 하면 될 거야!'라는 생각이었지만 코로나라는 예기치 않은 환경과 물질적 부족으로 금방 한계가 찾아왔습니다. 뭔가 큰 걸 하겠다는 게 아니었는데도 앞에 서 있는 벽이 너무 높아 보였습니다. 그해 겨울은 정말 혹독했으니까요.

하지만 포기하지 않았습니다. 제 삶을 말입니다. 대단한 사람이 되겠다는 생각은 없지만 제 삶도 그리고 제가 만들어 온 음식과 공간도 놓지 않았습니다. 그러다 보니 처음엔 한 분 그리고 다음에 한 분이 알아주셨습니다. 그리고 계속 늘어나는 중입니다.

삶은 '정답'이 없기에 쉽지 않은 것 같습니다. 다만, 포기하지 않으셨으면 좋겠습니다. 계획대로 안 되고, 모든 것이 안 따라준다고 해도 스스로 삶은 포기하지 않기 바랍니다. '몸과 마음'이 망가지지 않는 선에서 많은 경험들을 해보면서 한걸음 한걸음 자기 삶을 쌓아가길 바랍니다.

다시 돌아온 겨울은 한파에도 불구하고 따뜻한 온기가 홀에 가득 찼습니다. 그래서 저 또한 우리 손님들에게 따뜻한 '온기'를 드리고 싶습니다. 언제나 꽃길도 흙길도 담담하게 걸어가는 여러분이 되길 바라며….

글 마칩니다. 감사합니다.

밀라노기사식당
박정우

밀라노기사식당 독자 이벤트

밀라노기사식당 와인 리스트

도베르뉴 랑비에 꼬뜨 뒤 론
Douvergne & Ranvier

bottle 49.0 ∣ glass 13.0

도베르뉴 랑비에 루베론
Douvergne & Ranvier

bottle 49.0 ∣ glass 13.0

메누아그리뇽
그랑리저브 오크에이지
Manoir Grignon

bottle 39.0 ∣ glass 11.0

메누아그리뇽 샤르도네
Manoir Grignon

bottle 39.0 ∣ glass 11.0

메누아그리뇽 까베르네쉬라
Manoir Grignon

bottle 29.0 ∣ glass 9.0

메누아그리뇽 소비뇽블랑
Manoir Grignon

bottle 29.0 ∣ glass 9.0

하단에 있는 '교환권'을 가지고 밀라노기사식당을 방문하신 후
상단에 보이는 '6종의 와인리스트' 중 한 가지를 고르시면
교환권 1장당 Glass 1잔을 무료로 드립니다!

방문하실 때 교환권을 꼭 절취 후 지참하시고, 식사 전에 셰프님께 미리 말씀해주세요.

밀라노기사식당
출간 기념 이벤트
와인 1 glass 교환권